RENÉ ASSE

## LES
# BLESSURES

Prix : 2 francs

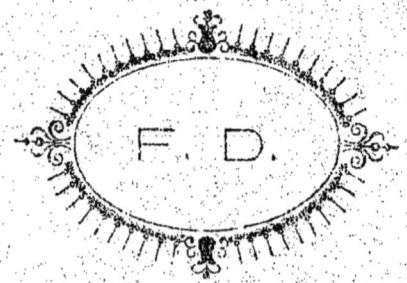

PARIS

F. DIJON, IMPRIMEUR-ÉDITEUR

18, rue Bréda, 28, rue de Navarin

1886

# LES
# BLESSURES

*RENÉ ASSE*

LES

# BLESSURES

Prix : **2 francs**

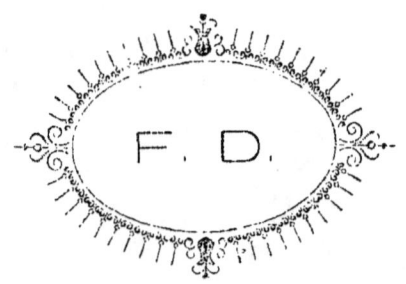

PARIS

F. DIJON, IMPRIMEUR-ÉDITEUR

18, rue Bréda. 28, rue de Navarin

1886

# AU LECTEUR

On m'a dit que mes vers n'étaient pas réguliers ;
C'est possible ! Je hais tout esprit de méthode.
Je méprise avant tout cette chaîne : LA MODE,
Et déteste les gens dans leurs petits souliers.

J'écris comme je pense, et c'est assez, mazette,
De livrer les secrets de mon individu
A je ne sais quels fats, qui ne m'ont rien rendu
De tous mes frais d'esprit dans leur plate gazette !

Je dis ce que je veux, — j'obéis à mes sens.
Si les gens du métier n'y trouvent pas leur compte,
Je bois à leur santé, sans dépit ni sans honte ;
J'ai toujours bien parlé, du moment où je sens.

Je n'ai pas fait, ma foi, le vœu d'être puriste ;
La rime importe peu, si l'éclat ne dit rien.
Les poètes parfaits me dégoûtent du bien ;
Car l'inspiration suppose l'improviste.

1

Ne faudra-t-il bientôt, timide, chapeau bas,
Courir chercher l'avis d'un monsieur, CHEF D'ÉCOLE,
Qui, condamnant l'essor de ma rime un peu folle,
Réduira mon vers libre aux lignes d'un compas ?

A chacun son métier ! Quand j'écris une page,
Du moment que je puis me dire : « C'est vécu ! »
Que m'importe le sot, par genre convaincu
Que rien ne tient d'aplomb sans un échafaudage ?

J'ai bâti, n'est-ce pas, quelque chose de vrai ?
Qu'exige-t-on de plus ? mes moyens m'appartiennent,
Et, pourvu que mes vers sur leurs bases se tiennent,
La règle qu'on m'impose est mauvaise à mon gré.

Certaines gens aussi m'ont accusé dans l'ombre
D'abuser trop souvent de la formule : Moi !
Cette accusation me mettrait en émoi,
Si, dans mon unité, je n'englobais un nombre.

Je soutiens une cause, un thème, un plaidoyer.
— La Bohème n'est plus ! dit-on. — Je suis bohème !
Et du jour où l'on touche au seul monde que j'aime,
En disant : Moi ! j'entends l'artiste tout entier.

Moi ! c'est Nous ! les jouteurs de la Libre-Pensée !
Nous, les fils de Villon, qui portons le drapeau
Toujours indépendant des disciples du Beau ;
Nous, qui ne voulons pas de croyance imposée !

On a voulu jadis me rendre... parnassien !
Ces tourmenteurs de mots sont de purs catholiques,
Qui font un rituel en belles italiques
Dont le vide pompeux épouvante un païen.

Un poète, à mes yeux, ne doit pas être un moule,
Mais un cœur qui palpite, et se broie au besoin,
Pour toucher son lecteur en lui livrant un coin
De ces *déshérités*, peu rares dans la foule.

J'ai commencé cette œuvre, et me moque des fous.
Si tu me prends en tout pour mon propre modèle,
Quand on croit la saisir, la légère hirondelle
Glisse, et va se nicher dans un climat plus doux.

Lis donc ou ne lis pas ! juge ou même méprise,
Applaudis, siffle, abîme ou fais un bruit d'enfer !
Je suis toujours heureux, du jour où j'ai de l'air,
Et l'âme ne meurt point d'un souffle qui la brise !

# LES BLESSURES

---

## ÉMILE DE LA BÉDOLLIÈRE

### SUR SA TOMBE

(26 AVRIL 1883.)

O Maître, tu m'avais formé dans tes leçons !
Ta douce bienveillance et ton cœur de poète
Avaient de mes débuts fait un beau jour de fête ;
Tu m'avais découvert de nouveaux horizons.

Pauvre, ton seuil honnête et bon, sans amertume
Me recueillit un jour comme un enfant trouvé ;
Tu voulus bien sourire au chantre du pavé,
Et prêter ta grande âme aux essais de sa plume.

Le moindre de mes vers fut inspiré par toi ;
Partout je retrouvais ta verve intarissable.
Du jour où j'eus l'honneur d'être admis à ta table,
Je mesurai l'espace immense et crus en moi.

Oui, je me souviendrai toujours des longues heures
Où tu me racontais l'histoire du Passé.
Je t'écoutais pensif et presque embarrassé,
Quand mon esprit montait vers tes hautes demeures.

Ce que je sais depuis, ce que j'ai ressenti,
Ce qui m'a fait goûter l'esprit des grandes choses,
L'amour de mon pays, de la femme et des roses...
Tout ce qui vient de moi, de ton âme est sorti !

Confiant à mon bras ta vieillesse peureuse,
Nous descendions le soir l'escalier vermoulu,
Et quand tu me disais : « Poète, je t'ai lu ! »
Ma muse tressaillait, tant elle était heureuse.

Maître, j'étais alors ton plus fidèle ami,
Un père pour son fils n'est pas plus adorable ;
Nous allions nous choisir un petit coin de table,
Où chacun se contait plus d'un rêve endormi.

Et quand tu remarquais un voile de tristesse
S'étendre sur mes yeux fatigués et rougis,
Tu chantonnais gaîment, me disant : « Réagis ! »
De tes charmants refrains, si cousus de finesse,

Comme je t'écoutais ! J'aimais à partager
Et tes émotions et tes mélancolies,
Lorsque, du vieil Horace empruntant les folies,
Nous revenions ensemble à ton cher Béranger.

— « Sois homme ! Le talent veut des âmes trempées :
« Si tu doutes parfois, regarde l'avenir !
« Moi, j'ai fini mon temps ; — mais, j'ai le souvenir,
« Et les larmes du cœur ne sont jamais dupées ! »

Tu me disais cela, mon Maître vénéré,
Et, fort de tes conseils, je crus à l'espérance ;
Car si jamais poète a vécu pour la France,
C'est toi, dont j'ai gardé le testament sacré.

Tu fus l'ami du peuple, et jamais noble cause
N'a trouvé plus qu'en toi de mâle défenseur :
L'avocat se cachait sous l'habit du penseur,
Et le chêne puissant sous la fleur fraîche éclose.

Des épreuves sans fin m'ont éloigné de toi,
La lutte, les chagrins, les pertes, la misère ;
Mais si lourd et si dur qu'ait été mon rosaire,
Ton souvenir, poète, était toujours en moi.

Je ne viens pas ici te faire une hécatombe :
Morne est mon désespoir, muette est ma douleur.
Perdre un père ici-bas, c'est le plus grand malheur,
Et c'est un père, hélas, que je mène à la tombe.

Je reviendrai souvent vers ce lieu désolé
Où tes chants n'auront plus que des accords funèbres ;
Mais, si jamais tes yeux s'entr'ouvraient aux ténèbres,
Tu verrais que mon cœur vers toi s'est envolé.

Adieu, poète, adieu ! Je m'en vais solitaire,
Vivant du souvenir de tes chères leçons,
Étouffer mes sanglots au bruit de tes chansons,
Et tu seras encor avec moi sur la terre !

# LE XIXᵉ SIÈCLE

L'esprit du bon vieux temps en soi, n'eût
jamais fait de révolution, n'eût jamais
passé à l'état du XVIIIᵉ siècle. Il a fallu,
à certains moments, deux ou trois hommes
ou démons, les Luther et les Voltaire,
pour le tirer chacun en leur sens, et
pour jeter le pont.

(Ste Beuve).

Il est triste de voir, en ces temps d'hérésie,
Le vieil esprit gaulois, satirique et frondeur,
Se parant aujourd'hui des jupons d'Aspasie,
Maluser du pamphlet sans respect ni pudeur.
Il est triste de voir, reniant ses idoles,
Sur l'autel du veau d'or, un peuple de bouffons,
D'un passé radieux briser les auréoles,
Et traîner le Progrès jusques dans les bas fonds.

Il est triste de voir l'abus des follicules
Ne visant qu'à salir le pauvre cœur humain,
Exploiter ses travers, frapper ses ridicules,
Et le laisser déchoir sans lui tendre la main.
Il est triste de voir avec quelle amertume
Le talent égoïste, ainsi que Vadius,
Sape le monde, esclave aveugle de sa plume,
Enfant gâté, qu'attend le fer d'Harmodius.

O toi, blonde Cypris, déesse des sourires,
Toi, qui de nos aïeux charmais les rêves d'or ;
Toi, qui faisais vibrer les cordes de leurs lyres,
Pourquoi tes chants ont-ils perdu leur noble essor ?
Pourquoi, vers l'Infini guidant tes larges ailes,
Ne reprends-tu ton vol plein de vie et d'amour ;
Et ne conduis-tu pas aux voûtes éternelles
Les poètes, trompés par l'éclat d'un faux jour ?

Si l'enfant de Vénus boude un instant la terre,
Si les songes dorés ne sont plus de saison,
Eloigne de leurs yeux le spectre de Voltaire
Qui ricane, et leur montre un lugubre horizon !
Puis, chassant les instincts froidement réalistes,
Les sophismes malsains, les rêves destructeurs
Éclos dans les écrits des encyclopédistes,
Du rire d'autrefois réveille les splendeurs !

Ramène-les alors aux farces de nos pères
Flagellant la sottise et frondant le pouvoir ;

Mais, dans leurs gais ébats, respectant les misères,
Et, tout en devisant, fidèles aux devoir !
Car ils raillaient les sots sans arrière-pensée ;
Nourrissons de Cythère, insouciants, coureurs,
Ils bravaient les méchants par l'espiègle risée,
Et des abus criants châtiaient les erreurs.

Très franc, très naturel, parfois même candide,
Quoique plein de finesse en sa naïveté,
L'esprit du bon vieux temps cache sous son égide
La logique du cœur, qu'il croit la Vérité.
Du pamphlet politique aux chants de Philomèle,
Du rondeau fantaisiste aux nouvelles du jour,
Il passe, doute, rit, croit ; — tout cela se mêle,
Mais ne peut lui ravir le respect de l'amour.

C'est dans cette croyance, immortelle et féconde,
Que le grand art Français se révèle en entier,
Sans connaître sa force, il étonne le monde ;
Car il résume en soi la *foi du charbonnier.*
Et ce n'est point la foi délirante, stupide,
Cette extase mystique où l'âme s'engourdit,
Ne laissant dans le cœur qu'un sentiment de vide ;
Où l'on baise l'autel pour n'être pas maudit,.....

C'est l'aveu populaire en sa candeur extrême,
Proclamant librement un principe divin,
Se gaussant de tartufe, et montrant par lui même
Que l'homme convaincu n'est pas l'homme chauvin ;

Qu'il faut à tout penseur le culte d'une force
Pour élever son âme aux mystères du Beau ;
Car l'arbre ne meurt pas en perdant son écorce,
Mais l'homme sans chaleur n'est pas loin du tombeau.

La Réforme devait approfondir les choses.
L'esprit du bon vieux temps, soudain grave et songeur,
De ce qu'il avait fait, voulut chercher les causes ;
On le vit devenir dogmatique et rageur.
Cette verve gaillarde et finement narquoise,
Tirant parti de tout, bataillant par plaisir,
Se montra prédicante, agressive, sournoise ;
L'enfant trop tôt mûri, d'un bond veut tout saisir.

Adieu Villon, Marot ! Les pieds ont foulé l'herbe
De vos tombes ! Adieu, Ronsard et Rabelais,
Jodelle, du Bellay, Bertaut, Régnier, Malherbe,
La Taille, Passerat, des Portes, Saint-Gelais !
Adieu, gais compagnons au rire inextinguible,
Dont la Muse parfois provoquait tant de pleurs !
Adieu, fin badinage en langue intraduisible,
Vous, gaudisseurs malins, et vous profonds penseurs !

Le siècle d'aujourd'hui, fou de prosélytisme,
Ébloui, fatigué, faussé par trop de jour,
Sous un vieux fond de foi, qu'il livre à l'athéïsme,
Proclame sans rougir le néant de l'amour.
Et la religion aigrie, intolérante,
Loin de le ramener au sentiment d'un Dieu,

Le pousse plus avant sur la pente glissante,
Tyrannique, inflexible en son dernier adieu.

Il aime par dépit, ou pratique par crainte :
Morale d'intérêt ! Son âme sans essor
Souffre, mais rougirait de pousser une plainte ;
Car son bonheur d'emprunt s'achète au poids de l'or.
L'Art, ne s'élevant plus aux régions divines
Qui résumaient jadis le suprême Idéal,
Se plaît aux crudités qu'on expose aux vitrines ;
Le pamphlet scandaleux se transforme en journal.

La vertu n'est qu'un mot ! La femme est une idole
Que l'on brise en éclats quand on s'en est servi,
Et la Patrie un rêve, un être qu'on immole
Aux caprices changeants d'un moral asservi.
Des hommes, ennemis des libertés publiques,
Venant tenter l'émeute aux portes du Progrès,
Énervent sans pitié nos doutes politiques,
Pour mettre un roitelet fabriqué tout exprès.

A bas les mannequins, dans ces heures de crise !
Ce qu'il nous faut, à nous, ce sont des hommes forts,
Des Hoche, des Marceau, que la poudre électrise ;
Dont le souffle de feu réveillerait les morts !
Ce qu'il nous faut, à nous, ce sont des patriotes,
Qui relèvent le gant que l'on nous a jeté,
Et non des usuriers, ni de vieilles dévotes
Qui nous lâchent au cri vibrant de Liberté !

Ce qu'il nous faut, à nous, dont la saine colère
Fait retentir trop tard des échos endormis,
C'est le réveil puissant de l'âme populaire
Qui supporte le crime, et ne l'a pas commis !
C'est ce grand cri du cœur, qui vaut mieux que la poudre ;
Car il verra demain tout un peuple debout.
Dûssions-nous retomber en cendres sous la foudre,
Nous pourrions dire au moins : « La conscience est tout! »

Alors, nous reverrions la fièvre de génie
Dont le seizième siècle agita l'Univers ;
Raphaël, Michel-Ange, et la gloire finie
De cet art sans rival, plus vaste que les mers.
Nous reverrions Molière et le divin Shakspeare
Chanter notre grandeur sur leurs lyres d'airain,
Et Tyrtée, appelant le vieux monde en délire,
Pour laver le passé dans les rives du Rhin.

Mais, cette conscience, on l'a tant profanée !
Elle a déjà servi tant de vices divers,
Que, depuis quatorze ans qu'une pléïade est née,
Nos printemps sans soleil ont été des hivers.
Nous avons déployé le drapeau tricolore,
Pensant que la jeunesse entourerait ses plis ;
Nos clairons ont sonné leur hallali sonore,
Et rien n'a fait frémir nos tendons amollis !

Parfois, de loin en loin, quelque talent morose
Que n'a pas consacré le goût changeant du jour,

S'insurge hautement contre l'apothéose
Et le culte affiché des vendeuses d'amour.
Messaline ou Phryné, que le cœur répudie,
Peuvent impunément insulter le passant ;
Nana trône ! Elle fait marcher la comédie
De quelque écrivassier jusqu'alors impuissant.

On sourit aux accents révoltés du poète,
Qui croyait convertir la pauvre humanité :
« Que vient-il nous chanter que nous perdons la tête
Et le cœur ? La morale c'est la volupté ! »
Voilà ce que répond la jeunesse présente,
Dans son triste abandon de tout instinct moral !
Le poète n'est plus qu'une âme agonisante,
Qu'étouffe lentement l'atmosphère du mal !

Puis, un jour il se meurt, seul, effacé dans l'ombre,
Sans qu'un rayon d'espoir descende l'éblouir ;
Le vice tapageur frappe à son grenier sombre,
Et, devant un cercueil, se dit : « Allons jouir !
Allons jouir ! A bas l'ardeur des grandes choses !
Rien ne dure ! Demain nos lèvres vont s'user....
Ici-bas, les effets valent mieux que les causes ;
Car l'Amour n'est pas vrai, s'il ne sait pas baiser ! »

Hélas ! Voilà le mot, dans sa couleur brutale,
Que disent aujourd'hui nos pâles jeunes gens,
Avant que la douleur, de son aile fatale
Ait effleuré leurs fronts, moins ridés qu'affligeants.

Ont-ils même pensé que la femme ou la fille
Dont ils souillent le corps, a peut-être souffert;
Que cet être, déchu de la grande famille,
Aimerait quelquefois s'il trouvait un peu d'air ?

O génération attristante, flétrie !
Est-ce ainsi qu'une mère, au berceau de l'enfant,
Souffrant pour préparer un homme à la Patrie,
Nous avait élevés ? Aujourd'hui, tout se vend,
Tout se livre à l'enchère, — et la lèvre et le reste,
Et l'âme, et le corps vil qui s'use dans un jour !
Nous serions des pourris ; — moi, penseur, je l'atteste,
Si la France n'était notre dernier amour.

Hélas ! L'amour s'en va ! Le souvenir s'efface !
Nous sommes des vaincus ! Quand nous le rappelons,
On nous ricane au nez, on nous crache à la face :
Souffrir du cœur ! Mais c'est marcher à reculons !
Le cœur ! A quoi sert-il ? A faire une victime,
A nous laisser croupir dans la fange ou l'égoût ?
Bah ! Si c'est pour jouir, justifions le crime !
Qu'importe le mépris du monde ou le dégoût ?

Qu'importe la vertu, qu'importe l'héroïsme ?
Le dévoûment, c'est bête ! Il fait mourir de faim !
Le gamin de seize ans se vante d'athéïsme,
Et la fillette prend le roman par la fin.
Un œil froid, sans regard, — un front stupide et blème,
Où la ride précoce a creusé ses sillons....

Voilà le résultat du menaçant problème
Que nous légua l'Empire avec ses histrions !

Et là-bas, dans nos murs, l'allemand nous surveille ;
Il monte les degrés poudreux du Vatican.
La guêpe venimeuse, en se faisant abeille,
Cherche à sucer le jus de nos lauriers d'antan !
Allons donc ! Où sont-ils, nos boucs de Sambre-et-Meuse
Qui, portant fièrement la cocarde au chapeau,
Semaient partout l'effroi, de Villaret-Joyeuse
Aux plaines d'Iéna, l'honneur de vieux drapeau ?

Où sont-ils, ces grands jours de Thermidor en fièvre,
Où l'ombre de Barras guérissait de la peur ;
Où le mot de Patrie ensoleillait la lèvre ;
Où nos pères tombaient tous sur le champ d'honneur ?
Eh quoi ! Tous ces géants de notre fière Histoire,
Ces héros, morts gaîment pour notre liberté,
N'ont-ils donc pas rempli nos cœurs de leur mémoire,
Que nous ne croyons plus à l'Immortalité ?

Pour mieux tromper le peuple, on lui promet la lune !
Les avocats vendus, les financiers menteurs
Lui prônent le progrès de la cause commune,
Tant sa petite épargne est douce aux orateurs.
Mais quand, un jour, trompé par les belles paroles,
Il viendra réclamer tous les serments promis,
Peut-être verrons-nous enfin des auréoles
Éclairer l'horizon des hommes raffermis !

2

Que leur répondrez-vous, rhéteurs de la tribune,
Boursiers ou gens d'État, philosophes blasés,
Journalistes, payés pour servir la rancune
Ou les ambitions de charlatans usés ?
Et vous, dont les romans, rebuts de la pensée,
N'ont visé qu'à salir les nobles passions,
Et loin de relever une foule lassée,
Vous êtes fait marchands de désillusions ?

A quoi servent vraiment vos livres, vos écoles,
Si nos enfants n'ont plus le respect des pouvoirs ;
Si, devant le néant de vos œuvres frivoles,
Ils foulent tous vos droits, comme vous leurs devoirs ?
Ne seront-ils demain cette classe éclairée
Dont vous redouterez le jugement moqueur ?
Ils vous broîront le front d'une main assurée,
Comme vous leur avez déjà broyé le cœur !

Oh ! Quand il en est temps, écrivains et poètes,
Artistes, qui gardez le sentiment du Beau,
Apprenez à nos fils à relever leurs têtes,
Et du grand Art français rallumez le flambeau !
La Révolution, tuant le privilège,
Avait fait l'homme libre et maître d'un milieu ;
Elle ne pensait point qu'il devînt sacrilège,
Ni qu'il voulût un jour être pontife ou dieu.

L'orgueil et le bien-être ont énervé son âme
Altière, — et ne trouvant plus rien à conquérir,

Pour s'élever plus haut, il rabaisse la femme,
Et son rêve est toujours ce qui le fait mourir.
De la Grèce, gardant le culte de la forme,
Il n'a su l'allier aux qualités du fond ;
Le monde n'est pour lui qu'un phénomène énorme
Dont il veut dépasser le mystère profond.

Mais le mystère reste impénétrable, sombre !
Ni l'air, ni la vapeur, ni l'électricité,
N'ont porté son essor, fragile comme une ombre,
Vers les cieux inconnus de la divinité.
Encor tout étourdi d'une audace bizarre,
Quand il croyait venger la chute de Vulcain,
Il a brûlé cent fois ses ailes, comme Icare,
Et, depuis, l'Homme-Dieu n'est plus qu'un mannequin.

Tu voulais surpasser l'antique Prométhée,
O bourgeois né d'hier ! Déjà, sur ton autel
Tu voyais ta statue, — et le spectre d'Antée
Détruisait après toi ta fragile Babel.
Tu ne la verras pas s'élever, si tu n'oses
Regarder en arrière, et te dire qu'un jour,
Quand tu cherchais en toi le principe des choses,
Tu n'as pu le trouver en détruisant l'amour.

. . . . . . . . . . . . . . . . . . . . . . . . . . .

Je ne veux pas ici, comme un apôtre en chaire,
Poser pour la vertu ; — car, si j'aime le bien,

La morale, surtout, de nos jours n'est pas chère,
Et les vers que j'écris ne me rapportent rien.
Mais, quand je serai mort, je veux qu'on puisse dire
En récapitulant un passé de revers :
— « Si sa Muse en courroux ne savait que maudire,
Il aimait son pays, beaucoup plus que ses vers! »

# SALUT A LA BRETAGNE !

---

O pré de l'aïeul, dont l'aspect m'enivre,
Comme je te sens, comme j'aime encor
Respirer ton air paisible, et revivre
Aux tièdes baisers de ton soleil d'or !

Notre maisonnette est toujours la même ;
L'escalier moulu craque sous mes pas,
Comme s'il savait qu'un ancien poème
Me rappelle au seuil des jeunes ébats.

Oui, je viens ici raviver un rêve
Que je garde au cœur depuis bien longtemps !
Il m'a poursuivi sans merci, sans trève,
Et j'accours, au trot léger des vingt ans,

Le mur est toujours chargé d'aubépine
Et de chèvrefeuille ! Oh, la bonne odeur !
Puis, là-bas, quel frais bouquet d'églantine !
Comme le pommier pousse avec ardeur !

La fleur se prélasse en sa robe blanche
Et rose ; — Atalante en aurait maigri !
Les beaux villageois ! Parbleu, c'est dimanche,
Et le ciel natal m'a vraiment souri !

Salut, mon pays ! Salut, douces cloches
Dont je reconnais les bourdons joyeux !
L'air semble envahi de vos doubles croches ;
Les oiseaux charmeurs ne chantent pas mieux.

Salut, Océan, dont la vague sourde
Pousse jusqu'ici ses mornes échos !
Salut, vieux Joël, dont l'échine lourde
S'incline boudeuse au poids des fagots !

Salut, chênes verts ! Salut, hautes herbes,
Bruyères, figuiers, landes, fiers manoirs,
Saumâtres ruisseaux, récoltes en gerbes,
Saules endormis sur les étangs noirs !

Salut, longs rochers aux profils étranges,
Sentiers sablonneux, sauvages forêts,
Grands bœufs, attelés aux portes des granges,
Pâtres, qui chantez vos rites secrets !

Immenses men-hîr, géants immobiles
Qui tendez vos bras sombres vers la mer ;
Antiques débris, herbages stériles,
Vals mystérieux, salut ! O bon air !

Murmure béni de l'âme natale,
C'était là, je crois, que je vis un jour
L'image d'Yvonne, indolente et pâle...
M'a-t-elle gardé son premier amour ?

Salut, grand Pardon qui, demain peut-être,
Nous verras tous deux marcher à l'autel !
Cher pays breton, toi, qui la vis naître,
Répands sur nos fronts ton souffle immortel !

Sois toujours bénie, ô vieille Armorique,
Et conduis enfin nos pas triomphants !
Qui porte en son sein le vieux sang celtique,
Attend des héros de tous ses enfants.

Ils sauront venger la France meurtrie
S'il lui faut des cœurs pour la ranimer....
Salut, ô Bretagne, ô chère Patrie :
Car on meurt chez toi comme on sait aimer !

# GALLIA !

---

In clade Victrix !

Un jour, notre France insultée
Rallia les fiers bataillons
De sa phalange redoutée,
Sans savoir même où nous marchions.
Elle croyait, sous leurs décombres,
Écraser cent mille Allemands....
Dans cette lutte de géants,
Il ne resta plus que les ombres
De nos héros froids et sanglants.

.·.

Et toujours généreuse, ardente,
Ne pouvant croire à ses revers,

Elle avait compté, l'imprudente,
Tous ses maux bravement soufferts.
Comme un fougueux torrent de lave,
D'un cratère immense sorti,
Elle crut le monde englouti ;
Mais l'aurore la vit esclave
De son orgueil anéanti.

\*
\* \*

Ses forteresses écroulées,
Ses drapeaux aux mains de voleurs,
Elle marcha par les vallées,
Cachant ses secrètes douleurs.
Mais, au milieu de sa souffrance,
Gardant son antique fierté,
Elle obtint l'Immortalité,
Ce puissant levier d'espérance
Qui soulève la Liberté.

\*
\* \*

Ils étaient imposants et graves
Ces guerriers jonchés sur le sol ;
Ils s'étaient défendus en braves,
Et vers les cieux prirent leur vol.
Devant ces dévoûments sublimes,
La France, loin de s'amollir,
Ne songea qu'à se recueillir,

Et rendit hommage aux victimes
Que la mort surprit sans pâlir.

*.
* *

Sur l'airain de ces canons mêmes
Que l'étranger nous avait pris,
Il vit, gravés en traits suprêmes,
Ces mots de : *Vengeance et Mépris !*
S'il veut, à la face du monde,
Promener l'aigle triomphant,
Il tombera comme un enfant,
Sans que personne lui réponde....
Que la voix rauque du Néant !

*.
* *

L'oubli prépare sa mémoire,
Et la Haine, aux ongles de feu,
Viendra le troubler dans sa gloire ;
Il sera chassé de tout lieu.
Après l'angoisse inévitable,
La France, sortant du tombeau,
Reverra sous son fier drapeau
Sa vieille garde formidable
Avec la cocarde au chapeau.

On verra, dans la nuit profonde,
Des vétérans les petits-fils,
Relever à travers le monde
L'éclat du soleil d'Austerlitz.
Ils auront la foi de leurs pères,
Qui firent trembler l'ennemi
Aux champs d'Argonne et de Valmy ;
Car leur sein cache les colères
D'un Titan, par ruse endormi.

.*.

L'injure impunie et la haine
A leur tour trouveront des fers,
Pour punir cette race hautaine
Qui croit s'arroger l'Univers.
Partout, leur image éternelle
Fait frissonner l'ombre des morts ;
Le sang qui coule dans nos corps
Reprendra sa vigueur nouvelle,
Le jour promis à nos efforts.

.*.

Nous remonterons la vallée,
Et la lune, au sanglant brouillard,
Jettera sa flamme voilée
Sur le cadavre d'un vieillard,

Le rire affreux du vent qui passe
Sous les grands arbres du vieux Rhin,
Fera frissonner le Germain.
Et le sceptre du Hun rapace
Ne fera que changer de main.

∴

La France doit survivre aux âges!
Elle n'a pas dit son adieu,
Ni courbé devant les outrages·:
Son front seul pourrait faire un dieu.
Le pur souvenir de sa gloire
Doit lui rendre espoir et vertu:
Après avoir tant combattu,
Elle doit rendre à sa mémoire
Le prestige un instant perdu.

# NOS FRONTIÈRES!

---

Malgré le deuil, la honte et les impôts de guerre,
On voit encor des gens boire avec un prussien.
La chaîne, le bâillon, l'opprobre, n'est-ce rien,
Que le nom de Français ne les touche plus guère?

Ils sont plus insensés que méchants, je l'admets!
Des deux rives du Rhin l'ennemi nous contemple.
Nous avions autrefois la Dignité pour temple....
Son culte méprisé reviendra-t-il jamais?

« La Lorraine est à nous! L'Alsace par sa langue
« Est germaine de sang, de conquête et de cœur :
« Bon appétit, messieurs! C'est le droit du vainqueur! »
. . . . . . . . . . . . . . . . . . . . . . . . . . .
J'entendis, l'autre soir, tenir cette harangue !

Mort de Dieu! Nous, Français, nous avons dans nos rangs
Des gens qui ne croient plus à l'Alsace-Lorraine?
Nous avons de ces fous qui distillent la haine
Contre leur propre sol... et nous nous croyons grands?

Mais le prussien, chez nous, est ce gueux sans asile,
Sans pain, sel ni foyer, toujours prêt à piller,
Espionner, salir, troubler, encanailler,
Pour repétroliser Paris, la grande ville!

Le prussien, c'est la honte, et si quelque marlou,
Sous un prétexte vain de paix hospitalière,
Traîne sur nos pavés cette bande ordurière,
Je me sens, malgré moi, prêt à crier : « Au loup! »

Qu'est l'allemand chez nous? une bête de somme
Qui, sur le gain d'autrui, mange le pain Français!
Ils crèvent tous chez eux! Chez nous, leur seul succès
Ferait parfois douter de la fierté de l'homme.

Que font-ils sur nos bords, ces buveurs d'Outre-Rhin
Qui, sans nous, pourriraient dans leur propre patrie?
La bière de nos fûts sert leur effronterie;
Mais notre rire vaut tous leurs canons d'airain.

Oh, non! Ne dites pas que l'Alsace est perdue!
C'est un hideux blasphème à notre vieux drapeau.
L'aurions-nous donc réduit au rôle d'oripeau,
Que notre fierté même aux germains soit vendue?

Dussions-nous mendier sur la route, et marcher
Pieds nus, nouveaux soldats de Meurthe et de Moselle,
Nous briserons la chaîne et la race avec elle,
Au prix de notre sang, faudrait-il le cracher !

Oui, sans doute, la guerre est une œuvre barbare :
Mais l'honneur d'un passé vaut le sang répandu,
Et tant que notre sol ne sera pas rendu,
Pouvons-nous oublier qu'un fossé nous sépare ?

# LE VIEUX DRAPEAU

## CHANSON.

---

> Ils ne l'auront pas, le libre Rhin allemand,
> aussi longtemps que les cœurs s'abreuve-
> ront de son vin de feu.
> *(Le Rhin allemand.* — BECKER).

Peuple germain, tu crus vaincre la France,
Tu crus noyer ta haine dans son sang ;
Mais notre sol est riche d'espérance...
Es-tu bien sûr de ton Rhin allemand ?
Son flot paisible, à tes cris de victoire
S'est déchaîné par tes monts chevelus ;
Peuple germain, coulait-il pour ta gloire,
En charriant nos héros résolus ?
   Ce qui reste à notre Patrie,
   Ce qui survit, même au tombeau,
   C'est la Foi, qui veille et qui prie
   A l'ombre de son vieux drapeau !

Te souvient-il, barbare au front sévère,
De Bonaparte et du vaillant Condé ?
Ton vin de feu moussa dans notre verre ;
Nous l'avons même assez souvent vidé.
Nous avons vu tes hautes cathédrales
Trembler aux pas de nos hommes d'airain,
Et tes donjons, aux flèches magistrales,
Ensevelir ton sceptre souverain.

     Nous étions la grande Patrie,
     Nous avions Kléber et Marceau ;
     Et tu n'as pu, race flétrie,
     Détruire notre vieux drapeau.

Descends là-bas, le long de la Moselle !
Si ton orgueil méconnaît le passé,
Tu compteras, travaillant avec zèle,
Les fils de ceux que ton fer a glacé.
Rappelle-leur ce jour de la curée
Où le soldat cachait l'espionneur,
Et tu sauras ce que vaut ta livrée
Peuple germain, si jaloux de l'Honneur ?

     Nous restons la grande Patrie,
     Et, fière du dernier lambeau,
     Notre jeunesse attend et prie
     Sous les plis de son vieux drapeau.

Oh ! Ne dis plus, dans ta morgue menteuse,
Que notre France est morte sous tes pas ;
La Force rend la Vérité douteuse...
La France esclave ! On ne te croirait pas !
Ce vin de feu, que nous versaient tes filles,
Réveillera nos membres engourdis ;
Nous trinquerons sous tes vertes charmilles
Au glas vengeur de tes enfants maudits.
     Tant que vivra notre Patrie,
     Unis dans un même faisceau,
     Nous t'aiderons, France chérie,
     A maintenir le vieux drapeau.

# LES DEUX MÈRES

L'amour de ma patrie et celui de ma mère
Ont absorbé mon cœur, froid devant le plaisir.
Ces deux anges chéris partagent mon loisir ;
Pour moi, tout autre rêve est presque une chimère.

L'une, me rappelant son épreuve éphémère,
M'a montré le drapeau qu'il nous faut ressaisir ;
L'autre, m'a relevé dans cette lutte amère
Où, comme un fruit trop mûr, tombait chaque désir.

Des deux, je serais prêt à prendre la défense !
Fils ou soldat, je suis si sensible à l'offense,
Que mon sang coulerait gaîment pour leur honneur.

L'une porte à son front une fière auréole ;
L'autre a toujours pour moi quelque bonne parole,
Et leur double tendresse est mon dernier bonheur !

# ADIEUX DE JEANNE D'ARC

## AU

## HAMEAU DE VAUCOULEURS

---

> Errettung bringen Frankreichs heldensohnen.
> Tu sauveras les fils héroïques de la France.
> (SCHILLER).

Adieu, monts chevelus! Adieu, sites tranquilles,
Et vous, sombres rochers, coteaux silencieux!
Jeanne ne viendra plus cheminer par vos villes,
Jeanne vous dit, hélas, ses éternels adieux.
O bois que j'adorais, sentiers, buissons, grands arbres,
Que j'ai plantés, — vivez, croissez joyeusement!
Adieu, grottes, ruisseaux, plus glacés que les marbres,
Échos, qui répondiez jadis si fièrement
A mes douces chansons, le soir, dans nos vallées!
    Adieu, clairières désolées,
      Souvenirs éteints désormais....
Jeanne, en quittant ces lieux, ne reviendra jamais!

Adieu, places, remparts qui protégiez mon ombre
Lorsque je poursuivais mes mystiques amours !
Brebis, dispersez-vous dans la bruyère sombre....
Jeanne, les yeux en pleurs, vous laisse pour toujours !
Vous êtes maintenant un peuple sans bergère ;
Car il me faut conduire un tout autre troupeau
Là-bas, sur le champ noir, où la horde étrangère
A souillé de son sang notre immortel drapeau.
Ainsi l'a commandé le fier dieu des armées :
          O mes compagnes bien-aimées,
          Mon cœur est à lui désormais....
Jeanne, en suivant ses pas, ne reviendra jamais !


                    *
                  *   *


Du haut du mont Oreb, celui qui, vers Moïse
Descendit au milieu d'un buisson enflammé,
Et du grand Pharaon lui montra la devise ;
Celui qui d'Isaï prit le fils bien-aimé ;
Celui qui des bergers est l'éternelle étoile
Et leur ouvre toujours un chemin dans la nuit,
M'a dit, en regardant la blancheur de mon voile :
« Quitte cet arbre, Jeanne, et lève-toi sans bruit !
N'entends-tu pas gémir cette terre troublée ?
          Comme l'oiseau, prends ta volée,
          Et remplace-moi désormais ;
Car la France, avec toi, ne périra jamais !

« Couvre ton frêle corps de l'armure grossière ;
Enferme dans l'acier ton buste gracieux !
Jeanne, l'amour ne doit effleurer ta paupière
De sa flamme coupable ! A toi les chants pieux,
Les ivresses du ciel ! Ta longue chevelure
Sera vierge des fleurs pâles du fiancé ;
Ton sein ne portera jamais la créature,
Et ton rêve d'enfant sera vite effacé.
Mais la palme guerrière, aux femmes refusée,
   En tes mains sera déposée ;
   Ta gloire vivra désormais....
Jeanne, pour plaire à Dieu, ne reviendra jamais !

     \*
    \* \*

« Tu feras au combat reculer les plus braves,
Et quand la France enfin semblera chanceler,
Tu viendras, le front haut, secouer ses entraves ;
Mon oriflamme au vent, tu feras tout trembler.
Comme les épis d'or que tond la moissonneuse,
Décimant sans pitié les plus fiers combattants,
Tu sauras désarmer la Fortune haineuse,
Dont je peux déjouer les détours inconstants.
Tu sauveras les fils glorieux de la France,
   Tu prendras Reims, leur espérance,
   Et suivras ton roi désormais ! .... »
Pour couronner mon roi, je vous quitte à jamais !

Le ciel m'a désignée au sein de l'avalanche.
Il m'a donné ce casque et, tout bas, il me dit :
« A toi, Jeanne, l'honneur du jour de la Revanche!
A toi de renverser un oppresseur maudit ! »
Son fer m'a pénétré d'une force divine ;
En moi vibre l'ardeur des nobles chevaliers.
Il m'entraîne au-devant de la mort, que dessine
Tout un torrent humain déchaîné sous mes pieds.
J'entends le cri de guerre à travers la mêlée ;
        J'entends, dans la brise affolée,
        Le coursier mordre son harnais....
Jeanne, le clairon sonne! . Adieu donc pour jamais !

# LE RÊVE ANTIQUE

## ET LE

# RÊVE MODERNE

-------

> Et le Rêve se dissipa dans les vapeurs du
> matin.
>
> (OSSIAN.)

Dans un cercle d'azur tout constellé d'étoiles,
Les seins d'un rose pâle, entourés de longs voiles,
Les yeux chargés d'éclairs, belle de volupté,
Comme une ombre passa la déesse Astarté.
Sur ses lèvres errait un céleste sourire.
Ses doigts blancs, effilés, caressaient une lyre,
Dont les divins accords, du chêne raccorni
Montaient pleins de mystère au seuil de l'Infini.
Son char, environné de guirlandes de roses,
Était tout pailleté de fleurs à peine écloses ;

A ses pieds reposait une jeune brebis,
Et ses longs cheveux d'or ruisselaient de rubis.
Sur son front se jouait le croissant de la Lune :
Autour d'elle, volaient les biens de la Fortune.
L'Espérance et le Soir se tenaient par la main ;
L'Aurore et le plaisir poursuivaient son chemin.
Le Sommeil, étendu sur sa couche d'ébène,
Aux doux baisers de l'air confiait son haleine
Et la nuit recueillait les sucs assoupissants
Des pavots empourprés sur les gazons glissants.
Nonchalamment couchés, je vis aussi les Songes :
A leur chevet planait la reine des Mensonges,
Et la blonde Vénus, plus belle que le jour,
N'avait de doux regards que pour le jeune Amour.


Un nuage embaumé donnait à ce beau rêve
Le vague coloris de l'aube qui se lève ;
Un frisson énervant de molle volupté
Circulait dans mon sang, de bien-être agité.
Mille tableaux riants occupaient ma pensée :
Homère, en cheveux blancs, chantait son Odyssée,
Horace, sa Lydie, Ovide, ses amours,
Virgile, Amaryllis et ses simples atours.


Puis, sous les bois ombreux, devisaient les neuf Muses.
On entendait au loin les aigres cornemuses
Des Faunes endiablés se jouant dans les eaux,
Ou le rire argentin de la Nymphe aux roseaux.

La Nature semblait si calme, si paisible,
Que le frisson du soir se glissait insensible
Sur mon front, rayonnant de ce reflet divin
Qui relève en un jour le pauvre cœur humain.
Oh! Que j'eusse voulu rêver des nuits entières,
Sentir battre mon cœur, entr'ouvrir mes paupières
Aux mystères secrets de ce monde enchanté ;
Chasser à tout jamais cette réalité
Qui rend l'homme sceptique, ignorant de lui-même,
Ou le fait trop souvent mépriser ce qu'il aime !

Car les religions, par leurs dogmes maudits,
Ont glacé la vigueur de nos sens interdits,
Et depuis que le prêtre a cherché des fidèles,
Les anges ont perdu la blancheur de leurs ailes ;
Les vierges leur duvet, les déesses leur art.
Nos lèvres n'ont trouvé que le plâtre ou le fard.
Le fluide éternel des nudités antiques
S'est éteint, au néant des défroques bibliques ;
Car le cœur est un vase où le vin ne rend fort,
Que s'il circule à flots et se boit jusqu'au bord.

.  .  .  .  .  .  .  .  .  .  .  .  .  .  .  .  .  .  .  .  .  .  .

Puis, je vis s'avancer dans l'ombre une figure
Qui n'avait rien d'un dieu, rien de la créature ;
Mais une beauté vague et terrible à la fois.
J'interrogeai, tremblant, mes songes d'autrefois !

Un chypre empoisonné me parcourait les veines ;
Les rêves du passé, de leurs folles haleines
Grisaient mon cœur, meurtri par trop de souvenirs....
Il perdait la chaleur de ses premiers désirs !

   . . . . . . . . . . . . . . . . . . . . .

La vision leva son bras blanc comme neige,
Et je vis tout-à-coup un funèbre cortège
De spectres décharnés, sillonner l'horizon ;
Puis, le sol se couvrir d'une rouge moisson...

C'étaient tous les vaincus de la grande Patrie !

Le vent en ce moment grondait avec furie.
Les nuages en feu semblaient déchirer l'air,
Et s'engouffrer au loin avec des bruits d'enfer.
Le jour baissait ! J'eus peur ! Des râles et des plaintes
Se mouraient près de moi, par l'agonie éteintes,
Et des oiseaux en deuil, poussant d'étranges voix,
S'abattaient affamés des profondeurs des bois.
Dans l'ombre, la Vengeance avec son crâne chauve,
Ricanait immobile, épouvantable et fauve.

— Vois ! dit la vision. Ceci, c'est le Passé !
Tu ne te disais pas, dans ton rêve effacé,
Que la vie est changeante et l'espace sans borne ;
Qu'aux jours ensoleillés succède la nuit morne ;

Qu'à chaque pas qu'on fait de sommets en sommets,
Tous les rêves perdus ne reviennent jamais.
Ce qu'on foule ici-bas, c'est la terre inconnue.
L'espérance, avec l'âge affaissé, diminue ;
La Liberté, l'Amour, la Gloire, l'Idéal,
N'ont de but que le vide, et d'attrait que le mal.
Mais, en dehors des sens, il est un autre rêve
Qui console le cœur, l'émeut et le relève :
Point lumineux et fort, qui marque au genre humain
Le terme du voyage et le but du chemin.

Que peut devant tes yeux la Vengeance en furie ?
Ce qu'il faut aujourd'hui, c'est sauver la Patrie,
Et, sans t'épouvanter de lugubres rumeurs,
Rendre au pays ses lois, son histoire et ses mœurs.

Depuis assez longtemps nous parlons de Revanche !
Ce qui fait le lutteur, c'est le sang sous la hanche ;
C'est le Progrès, qui mène au sentiment du Beau,
Et le travail qui, seul, en soutient le flambeau.
Pour que la Liberté soit un jour immortelle,
Elle doit remonter vers la force éternelle ;
L'esprit humain est faible et, pour vaincre l'erreur,
Il doit toujours chercher sa sève au fond du cœur.

Serions-nous, pour un temps, condamnés au silence,
Qu'importe ? Il faut un but où notre âme s'élance,
But qui donne le droit à tout être pensant
De se dire sans crainte homme libre en naissant.

4

Mais, si l'ambition brutale, inassouvie,
Les haines de parti, les préjugés, l'envie,
Ce cortège affligeant des viles passions,
Attachent son esprit aux déclamations
Comme aux sonorités de paroles futiles,
Qui ne serviront pas ses rêves inutiles.....
La Raison, s'appuyant sur un droit contesté,
Le laissera sans force et sans vitalité.

Français dégénéré, perdrais-tu donc courage ?
Toi qui, par ton passé vivant, par ton langage,
Par ton cœur, ton esprit, ton âme, tes exploits,
Par ton histoire enfin, — fus le maître des lois
D'un monde tout entier qui vivait de ta fièvre....
Le baiser de la mort a-t-il glacé ta lèvre,
Et l'épreuve d'un jour, que tu n'as pas su voir,
Doit-elle, à tout jamais, t'éloigner du Devoir ?

L'Avenir est-il donc à quelques démagogues,
Qui prêchent le salut dans de sottes églogues
Parfois sans but certain, — toujours vides de sens ?
Pourquoi donc ces bavards sont-ils donc impuissants ?
Pourquoi ne trouvons-nous dans ce flot populaire,
Dont les besoins constants excitent la colère,
Un homme, un citoyen, sorti de l'ouvrier,
Qui nous dise :

      — Marchons ! Je suis le peuple altier !
Je suis le travailleur, sorti de son échoppe

Pour culbuter le crime, et faire de l'Europe
Un centre de Progrès ! Moi, je suis le foyer !
Je suis de ces proscrits qu'on ne fait pas ployer,
De ces rudes lutteurs qui, lassé de ses chaînes,
Jette à bas les tyrans pour étouffer les haines !
Je suis le sacrifice et le long dévoûment :
Ce sol est mon domaine, et j'en suis le ciment.
Je ne suis pas de ceux qui tremblent d'une crise,
Et que le premier vent par raison cicatrise !
Je veux, à ces vaincus d'hier, à ces martyrs,
Ne plus répondre enfin par de vagues soupirs.
Non ! Plus de plébiscite ou de vote d'urgence !
Je suis roi par mon cœur, par mon intelligence,
Et je marche dessus le monarque éhonté,
Qui salit la Patrie avec la Liberté !

. . . . . . . . . . . . . . . . . . . . . . . . . . .

O Patrie ! Ange aimé, qu'un lendemain trop rude
Dut vaincre par le deuil et par la servitude,
Tes fils sont-ils de ceux que la douleur abat,
Et n'ont-ils désormais plus de force au combat ?
Non ! Le pauvre, oppressé par la haine sincère,
Prépare ton réveil sous son toît de misère !
Il a, pour te sauver de son abjection,
Inscrit sur ton drapeau : « La Révolution ! »

La Révolution, vengeresse des crimes,
Ouvrant au peuple-roi des horizons sublimes !

La Révolution, sœur de l'Humanité,
Respectant la famille et la propriété;
Qui chasse de son sein le vice héréditaire,
Et ne veut pas qu'un homme ait le droit de se taire ;
Qu'un manant, parvenu par son propre savoir,
Doive porter son cœur obscur à l'abreuvoir;
Ni qu'un clergé bâtard, plein de fiel et de haine,
Reniant devant Dieu la dignité humaine,
Ourdisse à ses dépens de sinistres complots
Pour plonger ses enfants dans la nuit des cachots !
La Révolution, comme un flot qui remonte,
Allumant son flambeau pour démasquer la honte,
Mourant pour la justice et pour l'Humanité,
Et ne trafiquant pas, elle, la Liberté !

# CE QUE NOUS VOULONS!

## CHANSON

———

> J'ai pris goût à la république,
> Depuis que j'ai vu tant de rois.
> Je m'en fais une, et je m'applique
> A lui donner de bonnes lois.
>
> (BÉRANGER.)

Ça fait pitié! Tous les jours on assomme
La République et les Républicains!
La Liberté fait frissonner Prud'homme
Qui, hier encor, regrettait les Tarquins.
Lorsque Chauvin lui parlait de la Gloire,
Il y marchait... peut-être à reculons:
Qu'il sache donc apprendre son Histoire...
Voilà, voilà tout ce que nous voulons!

Sous nos vieux rois, on a donné des armes
A ce manant, qui n'avait rien à lui ;
Ses droits étaient de dévorer ses larmes,
Et de mourir pour les lauriers d'autrui.
Sous les tyrans, quarante pyramides
Ont contemplé nos soldats en haillons...
De leurs enfants, sécher les yeux humides,
Voilà, voilà tout ce que nous voulons !

*<br>* *

On veut des croix, du bien-être, des places,
Et c'est à nous qu'on vient les demander !
Nous qui, jadis, cédions à leurs menaces,
Ne faut-il pas, aujourd'hui, les aider ?
Que le travail leur ouvre la carrière
Où l'ignorant veut grandir à tâtons ;
Place et respect à la classe ouvrière...
Voilà, voilà, tout ce que nous voulons !

*<br>*

Ouvrir l'espace, aider l'intelligence,
Donner à tous l'étincelle des Arts ;
Sauver nos lois, secourir l'indigence,
Ne plus marcher de hasards en hasards ;
Former nos fils, installer des écoles
Où de l'Histoire, on retient les leçons ;

Les éloigner à jamais des idoles.....
Voilà, voilà tout ce que nous voulons ! ·

          * ·

Rendre au foyer, au soleil de la France
Des défenseurs que l'on croyait perdus ;
Mettre Bazile en pantalon garance,
Et démasquer des apôtres vendus.
Laisser le peuple intelligent et libre
Boire à sa soif le vin que nous buvons ;
Donner à tous un égal équilibre...
Voilà, voilà tout ce ce que nous voulons !

          · ·

La République est une bonne fille
Qui, dans nos mains, met le respect des lois,
Elle travaille à la grande famille ;
Elle a trouvé des héros à sa voix.
Aux cœurs souffrants elle a rendu courage ;
Nous lui devons de nouveaux bataillons,
Qui laisseront l'Honneur pour héritage... ·
Voilà, voilà tout ce que nous voulons !

# LA MUSE DE L'AVENIR

---

Reprends ton luth joyeux! Dis-nous des chants nouveaux,
    Ame des dieux, rêveuse Poésie!
Nous n'aimons plus l'éclat des saints flambeaux,
    Les chants sacrés, les brillants oripeaux;
      Il nous faut une autre ambroisie.
Le siècle, fatigué des psaumes endormants,
    Veut une gamme plus vibrante.
    La Liberté veut des amants
    Moins énervés par les serments
Que réclame à grands cris une église mourante.
    Sans t'arrêter aux caprices d'un jour,
    Fleur de vie, étoile féconde,
    Répands sur la nappe du monde
Le sentiment de l'Art, qui résume l'Amour.

Tu verras de jeunes apôtres,
Battus par un sang vigoureux,
Venir se retremper au soleil généreux
Qu'ont obscurci d'ineptes patenôtres.
Quitte les antres de Paros,
Accoutume à ta voix un peuple de héros ;
Et, pour te maintenir dans un juste équilibre,
Dis-lui qu'on ne grandit, qu'autant que l'on est libre !

∴

Muse, ne comprends-tu que, depuis trop longtemps,
Le nouvel Art souffre de ta faiblesse ?
Sans t'arrêter à des vœux inconstants,
Ne t'en va plus prostituer ton temps
Au service de la paresse !
On s'amollit dans le palais des rois ;
On s'étiole dans l'Église.
O Muse, proclame tes droits !
L'art de penser défend les lois,
Et ne sert pas d'esclave au tyran qui la brise !
La Liberté, la Gloire, la Vertu,
Ce cortège imposant de l'homme,
Aux beaux jours d'Athène et de Rome
Ont ainsi relevé le Génie abattu.
Rends-nous ta grâce auguste et fière,
La pureté de tes accents,
Tes cris guerriers, tes bras robustes et puissants,
Pour nous conduire à la saine lumière.

Que les dons de l'esprit humain
Répandus, propagés, adoucis par ta main,
Fassent germer au sein des nations heureuses
Cet orgueil éclairé des âmes généreuses.

Surtout, qu'un vain désir de popularité
    Ne t'entraîne point à des mœurs vulgaires ;
    Car la multitude a sa dignité,
    Et, si tu laissais tomber ta fierté,
        Tu sèmerais d'affreuses guerres.
Le peuple choisirait des consuls ignorants,
    Et, par un cercle inévitable,
    Nous ramènerait aux tyrans
    Qui, toujours, comptent dans leurs rangs
Des défenseurs grossiers d'une raison coupable.
    A l'éloquence, au vrai raisonnement,
        Unis une mâle logique :
        Dans un état démocratique
Le citoyen grandit par son seul jugement.
        Si tu veux pénétrer les âmes,
        Leur inculquer la vérité,
Peux-tu guider jamais leur libre volonté,
    Si tu ne mets en eux de nobles flammes ?
        Muse, persuade les esprits !
Montre-leur le néant de ce qu'ils ont appris,
Et par les chants d'amour tu sauras mieux les vaincre ;
Car, il faut opprimer, quand on ne sait convaincre !

Pour relever la foi, prends-la par le désir,
    Sans demander jamais l'obéissance !
    L'homme est d'autant plus facile à saisir,
    Qu'on le domine en flattant son plaisir ;
        La Raison lui rend sa puissance.
La force ne fait rien contre sa liberté ;
        Cet asile est impénétrable.
        Il l'aime avec avidité,
        Et ne connaît l'autorité
Que si la paix du cœur le rend plus redoutable.
        Éveille en lui sentiments créateurs,
        Ambition de ce qui dure ;
        Amour jaloux de la nature,
Logique de l'Histoire, et mépris des grandeurs.
        Pour conduire un peuple à l'Idée,
        Fais-lui connaître mieux ses droits :
Art, Génie et Progrès, lui donneront ces lois
        Que redoutait la royauté vidée.
        Tu verras une nation
Apre au travail acquis, briser l'oppression,
Et forte désormais de ses vastes lumières,
Du mensonge éhonté culbuter les barriéres,

*
* *

La Science et les Arts ont leur religion,
    Que ne devrait jamais toucher le prêtre.
    Laisse à chacun sa libre opinion ;
    Ne faut-il pas toujours l'illusion

Pour faire d'un esclave un maître ?
Ce qu'on doit au calcul ne dure qu'un instant.
  En rendant la foi positive,
   Le cœur humain, plus hésitant,
   Ne grandit que par accident;
La méthode a rendu sa passion moins vive.
  Tu n'obtiendras des hommes accomplis
   Dévoués à la cause sainte,
   Qu'en chassant le doute ou la crainte;
Qu'ils soient à leurs efforts, d'eux-mêmes assouplis !
   C'est la Paix qui fait l'Industrie,
   Qui conduit le peuple au pouvoir;
Car, il se sent au cœur un sublime devoir.....
   Immortaliser la Patrie !
   Poésie, à toi l'avenir,
A toi les chants fiévreux qui nous font souvenir!
La force despotique est l'œuvre de la haine,
Et toi, tu dois ton sceptre à la pensée humaine !


     . .


  N'invoque plus, ainsi qu'aux temps passés,
  La Liberté molle et voluptueuse;
  Ce froid mépris de nos jours effacés,
  L'insouciance, ou les vœux insensés
  D'une indépendance menteuse !
Apre aux biens de la vie, et froid devant la mort,
  L'homme en secret s'épuise et s'use;
   Il lui faut, pour toucher au port,

Cette lutte qui le rend fort,
Et que la passion excite ou désabuse.
Le plaisir seul amuse sans charmer ;
Il change l'esprit en ivresse,
Et le sommeil de la paresse
Absorbe le bon grain qu'il n'a pas su semer.
Une mâle philosophie,
Pour mieux ennoblir tes discours,
Doit trouver des accents qui réveillent toujours
Un sentiment plus profond de la vie.
Que le poète soit guerrier ;
Qu'il unisse à sa force un esprit plus altier !
L'art d'écrire est une arme, et la parole un maître
Que toute âme subit avant de les connaître.

⁂

Que la longue énergie et les fiers sentiments
Soient au niveau généreux des idées !
Ne brusque rien, ni les tempéraments,
Ni les chagrins, ni les amusements ;
Tu veux des âmes décidées.
L'inflexible raison découvrira bientôt
La véritable intelligence ;
Tu compteras, plus qu'il n'en faut,
De ces adeptes qui, tantôt,
Désespéraient te voir épouser leur vengeance.
Ayant souffert, ils adopteront mieux
L'ange du poète qui souffre ;

Ils sauront éviter le gouffre
Où tombe quelque jour le sceptre ambitieux.
Triomphe ainsi, non pas en égoïste,
En conquérant désordonné ;
Que dans tes combattants le cœur soit spontané,
Et tolérant pour ce qui lui résiste !
On ne fait jamais en un jour
D'un territoire libre et faible tour-à-tour,
Une nation forte, une grande Patrie :
Le zèle impatient mène à la tyrannie.

.·.

O Muse, montre bien la Dignité de l'Art
A tout penseur qui se voue à écrire !
L'artiste inné doit s'exprimer sans fard ;
Car ce n'est point une œuvre de hazard
Qui rendra la force à sa lyre.
Son but unique et vrai, c'est la réalité,
L'image exacte de la vie ;
Son autel, c'est la Liberté,
Son élément, la Nudité,
Son moyen d'action l'amour et l'harmonie.
Le cœur humain se sentira meilleur,
Quant à ta voix, pleine de charme,
Il trouvera, près d'une larme,
Ces élans généreux que sent le travailleur.
Il comprendra que, pour instruire
L'homme, las d'un doute cruel,

Il faut lui mettre en main la lampe et le scalpel;
    Qu'il fouille aussi dans le plâtre et la cire.
        Il aura peut-être trouvé
Ce qu'il avait tout bas compris, senti, rêvé :
Que l'Art, seul, ici-bas, n'ayant pas de patrie,
N'a d'autre souverain, de dieu, que le Génie !

# ADIEU !

---

Nondum amabam, et amare amabam ;
Quærebam quid amarem, amans amare
(*Confessions.* — S. Augustin.)

La douleur qui m'étreint, est tellement profonde,
   Vivre, m'est un fardeau si lourd,
Que je n'ai pas le temps de mépriser le monde ;
   Mais à sa voix je reste sourd.

En vain, sur mon œil sec, je provoque une larme.
   Le brasier qui l'a désséché,
Est cent fois plus cruel que ne serait une arme
   Broyant mon crâne déhanché.

Mon triste cœur est froid, ma pauvre tête en fièvre ;
   Je sens mon front s'appesantir.
On dirait que la mort a caressé ma lèvre,
   Et que je vais m'anéantir.

5

Oh ! Que ne tombez-vous, larmes silencieuses ?
  Que ne tombez-vous sur ce cœur
Qui n'a rien retenu de ses chansons joyeuses,
  Si ce n'est un refrain moqueur ?

Refrain maudit, refrain que la jeunesse rêve,
  Et ne regrette que trop tard,
Quand, un jour, épuisé d'un mensonge sans trêve,
  L'enfant se retrouve vieillard.

Aimer ! Non, ce n'est pas cela que l'on regrette
  Quand un sein de femme est fermé !
Ce que ne souffre pas la fierté du poète,
  C'est d'avoir cru qu'il fut aimé :

D'avoir donné son sang, d'avoir brisé son être,
  Sacrifié jusqu'au bonheur,
Et de s'être glissé dans l'ombre, comme un traître,
  Pour surprendre un baiser menteur ;

De voir deux yeux, créés pour charmer et sourire,
  Vous regarder avec mépris,
Quand, hier, ils avaient le secret de nous dire
  Plus encor que nous n'avions pris !

Oui, les sens ont joué leur rôle ! Ils doivent taire
  Toute illusion désormais !
Mais l'homme ainsi frappé ne tient plus à la terre ;
  Car son âme est morte à jamais.

Son âme est morte! Au fond de la nature humaine,
La matière n'a pas conquis
Ce besoin d'amitié, qui souvent nous entraîne
Aux sentiments les plus exquis.

Et quand cette amitié, qui contient tout un monde,
Par caprice se voit trahir,
Ne sachant où porter sa détresse profonde,
Elle meurt, pour ne pas haïr.

Il est un âge, hélas, où les plus belles roses
Se fanent toutès dans la main;
Celle que nous aimions, de nos heures moroses
N'embaume plus l'âpre chemin.

C'est le dernier soupir d'une courte jeunesse
Qui se dissipe pour toujours!
Et nous n'avons du cœur gardé que la tristesse,
Ou l'effroi du temps des amours.

J'avais cru, pauvre fou, moi, qui vous importune,
Soustraire ma sotte fierté
Aux cruelles rigueurs de cette loi commune.....
Rêvant une immortalité,

J'avais cru la trouver dans votre cœur, madame!
Ce cœur, je vous l'eûsse rendu
Vierge et pur, comme peut le prêter une femme;
Mais, hélas, vous l'avez perdu!

Adieu donc! Je m'en vais, muet et solitaire,
    Dans l'ombre rêver et souffrir.
Loin de vous, je n'attends plus rien de cette terre,
    Dont la gaîté me fait mourir!

# LE POÈTE POPULO

> Il en est de ma peau comme de tes écrits;
> Je l'offre à tout venant, et personne n'y touche
> Sur mon grabat désert, en grondant je me couche.
> Et j'attends! Rien ne vient! C'est de quoi se noyer.
> (ALFRED DE MUSSET.)

C'était un inutile! Un poète, pardi!
S'il faisait, malgré lui, maigre le Vendredi
Et tous les autres jours de la semaine, — en somme,
C'était un travailleur et, de plus, un brave homme.
On ne s'épuise pas trente ans sur un métier,
Sans que celui de fou ne vous soit familier;
Et, sans encourager le poète, j'estime
Que l'on peut rimailler saus commettre un grand crime.

Après avoir rimé longtemps, sans éditeur,
C'est un péché mignon que de se croire auteur,

Et Populo s'en vint, le cœur gros d'amertume,
Présenter un beau jour un ouvrage *posthume*.
Posthume ! On peut bien vivre en chair, et même en os,
Et dormir, soi-disant, dans le champ du repos ;
Car, l'écrivain qui vit, n'a pas la confiance
Comme celui qui meurt de faim pour la Science.

Il savait tout cela, puisqu'il avait souffert,
Et n'avait jamais pu trouver de compte ouvert.
Savoir trop dans la vie, est un des phénomènes
Que l'on pardonne à peine à des énergumènes
Convaincus ; d'autre part, ne savoir pas assez,
C'est encore un moyen de se casser le nez.
Tirez-vous donc de là ! Pour mon compte, je pense
Qu'un bon gigot vaut certe une once d'éloquence.

Or, son feutre bâillait comme un accordéon
Sur lequel s'est assis Monsieur de Cupidon :
Son nez rouge, perdu dans une barbe grise,
Miroitait au soleil comme un vitrail d'église.
Boutonné dans son frac, du haut jusques en bas,
Comme un vieil abonné du *Journal des Débats*,
Il sentait le savant, tout au moins le puriste....
Ce qui vaut toujours mieux que le séminariste !

Il sentait bien aussi parfois un peu le vin,
Moins poétique, hélas, qu'un sylphe de Grévin ;
Mais, dans ce siècle épris de bitter et d'absinthe,
Mieux vaut se rafraîchir que mettre femme enceinte.

Poli ! Même poli jusqu'à l'obséquieux,
Il avait en cela la jeunesse d'un vieux ;
Remarquez, en effet, que, dans l'ère actuelle,
L'âme des jeunes gens est surtout sensuelle.

Populo s'en vint donc trouver un éditeur
Qui passait pour avoir un talent d'amateur.
— Celui-là, lui dit-on, sait que la poésie
Ne peut se mesurer aux jupons d'Aspasie,
Et que de jolis vers, tournés gaillardement,
Peuvent faire oublier un mauvais testament.
D'ailleurs, c'est un artiste ! Il connaît l'infortune,
Au point d'avoir, par elle, augmenté sa fortune...

Le bohème, joyeux, fut chez le Lucullus
Porter avec orgueil son petit tumulus ;
Car, ne l'oublions pas ! L'ouvrage étant posthume,
Devait être plus rare et beau que de coutume.
N'y travaillait-il pas depuis bientôt vingt ans ?
C'est presque un quart de siècle ! Ainsi passe le temps !
On rêve, et si l'esprit mûrit chaque pensée,
La saison des beaux jours est bien vite effacée !

Voilà comme on vieillit sur un *in-octavo*
Qu'on ne saurait jamais payer le prix qu'il vaut !
Un poème pareil, c'est toute la jeunesse :
Le cèderait-on, même au prix du droit d'aînesse ?
Esaü fut trop bon, soit ! Le mot de la fin
Est qu'il était trop faible, et qu'il avait grand faim.

Mais, un poète, a-t-il, dans ses jours de déboire,
Compromis sa fierté, sa pudeur et sa gloire?

Le nez de Populo frémissait de plaisir,
Sans changer de couleur! Il ne pouvait choisir
La teinte de ce meuble inhérent à son être ;
Il avait cependant un peu blêmi peut-être.
Pourrait-on refuser ce livre monstrueux,
Phénoménal, sublime, et d'un majestueux
A frapper de stupeur toute la Capitale ?...
Hercule n'était rien, qu'un gamin près d'Omphale !

Enfin, nous arrivons chez l'éditeur heureux,
Que l'on désirait tant, s'il n'était désireux
De posséder enfin la plus rare des perles.
L'honnête commerçant avait deux chats, six merles,
Une femme grincheuse, un enfant malappr's
Culbutant de gros sous rongés de vert-de-gris...
Muse, toi qui calmais le cœur meurtri d'Egisthe,
Le pauvre Populo n'était pas réaliste !

On devine l'accueil du paisible bourgeois !
Il souffla, se moucha, geignit, cracha trois fois
Presque sur les souliers de l'orgueilleux poète,
Et flanqua sa calotte en trois quarts sur sa tête.
— Des vers ! maugréa-t-il. La prose vit toujours ;
Mais, le vers !.., j'en ai fait, au temps de mes amours !
*Vixi puellis idoneus!...* Ce bon Horace
A passé d'un seul jet tout son sang dans ma race ! .

— Bigre ! dit Populo. Je n'y vois pas très bien ;
Cet homme, cependant, m'a tout l'air d'un vaurien.
Comment! Ce gros ventru, ce ... père de famille,
Prendrait insolemment Tibur pour la Courtille ?
Le galentin Mécène eût pris un tel ami,
Pour léguer au grand Art cette énorme fourmi?
Non, non ! Je ne crois pas une telle infamie,
Ou je suis affligé d'un accès d'ophtalmie ! 

— Or donc, mon fol ami, vous m'apportez... des vers
Pour écouler chez moi le fond de... vos revers ?
Dit le gros éditeur, en ouvrant son œil louche
Qui paraissait vouloir lui tomber dans la bouche.
Tiens! Ouvrage posthume ! Etes-vous, par hasard,
Mort déjà tant de fois au service de l'Art?
— Si je n'en suis pas mort, répondit le poète,
J'ai pensé bien des fois me labourer la tête !

— Oh ! Oh ! Chaque roman se ressemble toujours :
Un peu de désespoir avec beaucoup d'amours !
Mon Dieu, je vous comprends ! J'estime assez les braves
Qui savent résister au dur métier d'esclaves;
Mais enfin, je ne puis, pour votre bon plaisir,
Imprimer quelques vers éclos dans le loisir.
Si vous aviez un nom, un semblant de fortune.....
Mais, la froide misère!.. On la trouve importune !

Voyons ! Quand j'aurai l'air d'avoir su dénicher
Un auteur, mort de faim, qui pouvait se chercher

Une position moins humble dans la vie,
Serez-vous, pour cela, bien plus digne d'envie ?
Le monde n'aime pas ces bohèmes honteux
Dont le talent possible est taxé de douteux.
Faites-vous commerçant ! Éditez-vous vous-même,
Et cherchez un public qui, malgré lui, vous aime !

— Sang-Dieu ! dit Populo. Je vous admire ainsi !
Parce que vous vivez heureux et sans souci
Sur l'esprit de cent fous qui font votre bien-être,
Peu vous importe, à vous, qu'un talent puisse naître !
Achetez pour un nom qui se vend, je l'admets !
Il en est cependant qui ne plaisent jamais,
Et vous aimerez mieux répandre la bêtise,
Que de vous attirer celui qui la déguise.

— Oh ! Je n'ai pas dit ça ! Vous êtes exigeant :
Votre livre n'est beau, que s'il fait de l'argent.
— Donnez-moi les moyens, monsieur, de me produire !
Vous n'aurez pas longtemps besoin de me conduire,
Et demain, chapeau bas, vous serez convaincu
Que ma plume, après tout, valait bien un écu.
Dites-le franchement ! Vous voulez que je paie ;
Que chacun de mes vers rime avec la monnaie ?

— Dame ! dit l'éditeur, en faisant le gros dos,
Même rouillé, l'argent vient toujours à propos.
Si j'ai des nullités parmi ma clientèle,
Suis-je donc obligé de vous prendre en tutelle ?

Vous aimez le grand Art ! Le monde n'en veut plus !
Laissez les vers ! Bâclez des romans dissolus !
Chassez le sentiment, qui porte à la névrose,
Et c'est à qui voudra marcher dans votre prose !

— Je constate, en effet, que ça porte bonheur,
En vous voyant, monsieur ! reprit avec douleur
Le Pauvre Populo. Quand la littérature
Ne sera plus, hélas, qu'un fruit en pourriture,
Vous lèverez les bras, et vous accuserez
Le siècle de pervers ! Vous le mépriserez,
Vous, qui ne lui rendez pourtant d'autre service
Qu'exploiter la Misère et soudoyer le Vice.

Empilez vos écus ! Si ce soir, ou demain,
Sentant la mort peut-être, et vous tendant la main,
Un de ces fiers lutteurs de la Libre-Pensée
Transige avec l'orgueil de son âme lassée ;
Si ce frère de l'Art et de la Liberté
Ne peut plus accepter sa chère pauvreté,
Parce qu'il faut du pain, et qu'une gloire amère
Ne rend pas des enfants épuisés à leur mère.....

Alors, que direz-vous? Qu'on est vraiment bien sot
De consacrer sa vie au sentiment du Beau ;
Mais que, si le malheur n'atteint que l'homme honnête,
Il a quelque mérite à demeurer poète.
Vous, qu'avez-vous donc fait pour l'Art? Des mannequins !
Avez-vous seulement le respect des bouquins,

Que l'épicier du coin vous achète à la livre ?
Vendez votre papier ; — moi, j'emporte mon livre !

L'éditeur se gratta le nez : « Qu'en voulez-vous ? »
— De quoi vivre ! — Rêveur ! On vit donc chez les fous ?
— On vit 'deux fois, Monsieur ! Car on lutte et l'on aime...
La lutte, c'est le but ! L'amour c'est le bohème !

. . . . . . . . . . . . . . . . . . . . .

— Allons ! dit l'éditeur. Ce garçon est perdu !
L'Amour, dans mes rayons, ne s'est jamais vendu ;
Les petites vertus ne vaudront les grands vices,
Qu'en doublant à leur tour mes pauvres bénéfices.

Je suis bien malheureux ! Je trouve, par hasard,
Ce qui ne se voit plus ; — un disciple de l'Art !
Rien qu'à son œil, je sens une large nature ;
Mais... si je me dévoue à la littérature,
Un tas de vadrouilleurs me tiendront par le pied...
Ma foi, je suis et reste un marchand de papier !
Et le gros éditeur, tirant sa révérence,
Fit voir à Populo le ciel de l'Espérance.

— Essayez du pamphlet ! Flattez les passions,
Détruisez sans pitié rêves, illusions ;
Mettez-vous au niveau d'un public idolâtre,
Qui veut trouver l'amour sur des lèvres de plâtre,

Et non dans les vapeurs d'un grotesque Idéal...
Votre talent, mon cher, n'en vivra pas plus mal !

. . . . . . . . . . . . . . . . . . . . . . . . . . . . .
. . . . . . . . . . . . . . . . . . . . . . . . . . . .

— Un marchand de papier ! dit, haussant les épaules,
Le triste Populo. Voilà pourtant des drôles
Qui se taillent un nom sur la coupe d'autrui...
Et je ne dînerai pas encore aujourd'hui !
Allons ! Posthume ou non, mon œuvre est condamnée !
Sans doute que ma Muse était prédestinée,
Et, puisque je ne suis ni chançard, ni devin,
Je vais lire mes vers à mon marchand de vin !

# L'ÉGLISE

———

Ici, devant l'autel, une foule pieuse
Accourt se recueillir à la chute du jour;
Ici, le cœur s'élève, et l'âme est plus joyeuse
    Sur le seuil du suprême amour.

Priez, chantez, chrétiens! Le souverain du monde
Appelle à ses côtés le peuple d'Israël;
Fléchissez votre orgueil, vous, dont l'erreur profonde
    Peut méconnaître l'Éternel.

Prosternez-vous sans fin, enfants de la Misère;
Vainement l'imposture a terni son flambeau.
Illusions du cœur, qu'aucune ombre n'altère,
    Gardez les rêves du berceau !

Ils t'ont prié, Seigneur! Ils ont, à ta parole,
Élevé jusqu'aux cieux leur cantique éperdu :
Sous les traits du sommeil la douleur se console...
    Leur as-tu même répondu?


. . . . . . . . . . . . . . . . . . . .


Vains rêves, enfantés dans une folle ivresse,
Laisserez-vous jamais la voix de la Sagesse
Rendre à l'âme épuisée une ombre de chaleur?
J'ai cherché le repos, l'amour et la prière ;
Mes désirs incertains ont laissé dans l'ornière
    La plainte errante de mon cœur.

Le temps passe sans joie, et le présent nous grise.
L'avenir, au passé que rien ne cicatrise,
Ajoute sa tristesse, — et leur rapidité
Nous abandonne, las d'une course bornée :
Nous voulons déchiffrer la pâle Destinée,
    Soumise à la Fatalité.

Notre esprit, dominé par la matière vile,
S'agite lourdement sous l'écorce servile
Que travaillent sans fin les plus grossiers désirs.
L'Espérance est un mot dépourvu de pensée,
Et l'Amour, un besoin, dont l'humaine risée
    Sait farder nos moindres plaisirs.

Repus de tous regrets qui gênent nos croyances,
Nous préférons encor flatter nos défaillances
Que de nous reconnaître esclaves de la Foi.
N'espérant désormais achever notre ouvrage,
Nous vivons de révolte, et courbons avec rage
   Notre front vaincu par la Loi.

Ah! Quel est donc ce Dieu si bon, si grand, si juste,
Qui ne sait seulement mettre une âme robuste
Dans ce beau plâtre humain qu'il renverse toujours ;
Et, bornant ses hauts faits à la machine brute,
Va bientôt démentir les efforts de la lutte
   Dont il émaille son parcours ?

  Ennemi de la créature,
  Il donne tout à la nature,
  Les ruisseaux, les bois, la verdure,
  Les magnifiques horizons.
  Pour la fleur, il fit la rosée,
  Pour les torrents l'onde glacée,
  Et pour l'oiseau sous la feuillée
  Les harmonieuses chansons.

  Près de l'âtre, où l'ennui demeure,
  Seul, attendant sa dernière heure,
  L'homme affaissé sommeille ou pleure,
  Fatigué d'éternels combats.
  Jaloux des biens de cette terre,
  Entre la discorde et la guerre,

6

Il vogue, sombre, solitaire,
Sans savoir où porter ses pas.

Que lui font la gloire et l'estime,
Si son esprit noble et sublime
Doit côtoyer avec le crime,
Les sentiers ardus du bonheur ?
A quoi tenir ? A quoi prétendre,
S'il doit toujours prier, attendre,
Pour ne trouver qu'un peu de cendre
Dans un autre monde meilleur ?

. . . . . . . . . . . . . . . . . . . . . . . . . . .
. . . . . . . . . . . . . . . . . . . . . . . . . .
. . . . . . . . . . . . . . . . . . . . . . . . . .

Spectres silencieux, cris du cœur, vagues plaintes,
Arômes, embaumez les gothiques arceaux !
Veilleuses, sommeillez dans vos lampes éteintes :
Vous, prêtres, cachez-nous vos pimpants oripaux !

Mais vous, graves soupirs des orgues magistrales,
Vous, cantiques joyeux et mornes tour–à–tour,
Au flot tourbillonnant de vos longues spirales,
Confiez ma prière et mes rêves d'un jour.

Ah ! je ne croyais pas, dans un temps plus folâtre,
Qu'il faudrait tant d'apprêts pour nous rendre la Foi.
J'ai passé froidement de l'église au théâtre...
La scène était la même et j'ai bien ri de moi !

Tous ces abbés musqués, ces marguilliers stupides,
Ces prêtres noirs, gagés pour changer les décors,
Me laissaient dans le cœur le son des urnes vides,
Et j'aurais bien dansé sur la planche des morts.

Vous seuls, chants douloureux, sublimes harmonies,
Parliez à ma pensée, et raisonniez ce cœur
Qui déchiffrait alors vos langues infinies,
Rayons décolorés d'un souvenir moqueur.

Non, je ne compris pas ce risible mélange
De l'Idéal vautré sur de pareils tréteaux ;
Et voyant cet accord du commerce et de l'ange,
J'ai donné tristement mon aumône aux bedeaux !

J'ai donné mon aumône, ou plutôt un sourire,
A ces laquais de Dieu qui me tendaient la main,
Et venaient, l'œil contrit, exploiter mon délire,
Avant que le mépris l'eût remplacé demain.

Ah ! Si jamais la Foi me couvrait de ses ailes,
Je n'aurais pas besoin de ces courtiers du Mal,
Qui vendent l'indulgence aux prix de ces donzelles
Dont l'amour se mesure au taux du capital.

Et je dirais à Dieu, sans fierté ni colère :
« Seigneur, juge-moi seul, si vraiment j'ai péché !
« Toi, qui sus pardonner à la femme adultère,
Apaise le blasphème à ma lèvre arraché !

« Faut–il, pour t'adorer, la face doucereuse
« D'un singe mal tourné, mal bâti, mal luné,
« Qui, ne pouvant convaincre une âme douleureuse,
« Me voue au désespoir, comme un être damné ?

« Au pied du Golgotha, seul devant la souffrance,
« On dit que tu portais ta croix sans défaillir.
« Comme toi, j'ai connu le deuil et l'espérance,
« Et je veux être seul, pour mieux me recueillir.

« Non ! Je ne comprends pas ce prêtre sans famille
« Réclamant plus de droits qu'il ne veut de devoirs ;
« Qui prétend enseigner et la femme et la fille,
« Les confesse le jour, et les suit tous les soirs.

« Non ! je ne comprends pas cet homme comme un autre
« Qui prétend étouffer tout, joie, instinct, plaisir,
« Et, s'exprimant au prône en éloquent apôtre,
« Explique savamment chaque effet du désir.

« Non ! Je ne comprends pas ce charlatan vulgaire
« Qui, se signant trois fois sur un morceau de pain,
« Te fait l'associé d'un burlesque mystère,
« Et par la crainte abat le sot orgueil humain.

« Non ! je ne comprends pas ce disciple timide
« Qui devrait humblement prier à tes genoux,
« Se dressant sombre, haineux, de politique avide,
« Et toisant son rival d'un long regard jaloux !...

« On me dit cependant que voilà ta phalange
« Et qu'il faut la servir pour entrevoir les cieux !
« Laisse-moi m'enivrer des cantiques d'un ange,
« Et planer librement sur un monde trop vieux.

« Mon seul guide est l'Amour, mon seul but est le Rêve :
« L'un fatigue mon cœur, l'autre le fait mourir.
« Dans ce flot du Hasard où l'Idéal s'achève,
« Je trouverai peut-être un dieu las de punir !

　　　Qu'es-tu, force de la Nature,
　　　Flambeau suprême ou créature,
　　　Ame des cieux, souffle divin,
　　　Toi, qui n'auras jamais de fin?
Vers tes mondes flottants mon être s'évapore ;
Ses moindres mouvements vibrent dans l'Infini,
Comme la plainte étrange et sombre du banni
Qui sème de soupirs les sentiers de l'Aurore.

　　　Quand l'Amour, ce jouet des sens,
　　　S'attache à mes lèvres limpides,
　　　Pourquoi ces désirs impuissants,
　　　Ces langueurs, ces caprices vides,
　　　Ces mélancoliques accents ?
　　　Le regret trompe l'espérance,
　　　L'amertume envahit le cœur,
Et l'ivresse d'un soir devient une souffrance
Quand la bouche surprend un sourire moqueur.

En vain, vers tes globes de flamme,
Tes soleils sillonnant les airs,
Ou tes sphères de feu, — mon âme
S'exhale, aux sons lointains de radieux concerts;
En vain, s'éteignant en mesure
Comme un mystérieux murmure,
Leurs échos cadencés me parlent à la fois;
Un monde de tristesse ajoute encore au poids.
De mon éternelle torture.


Que m'importe la terre ou ses chaînons égaux,
Tes astres imposants, les merveilleux anneaux
De tes disques, perdus sur la vague qui roule?
Mon rêve est-il plus vrai que celui de la foule,
Mon souffle plus puissant, mes horizons plus beaux?


Partout, le ciel en deuil me montre les empreintes
Et le rapide oubli des étoiles éteintes;
Partout, ensommeillé pour n'en plus revenir,
Je retrouve un rayon mourant du souvenir;
Partout, un vent d'ennui troublant mon existence,
Entre mon cœur et moi découvre une distance,
Et sur l'autel, où j'aime à moissonner des fleurs,
Répand en larges flots le vase des douleurs.


Etre seul, et toujours soupirer en silence.
Ainsi qu'un Faust lassé, même de la science !
Nier amour et gloire, esprit et liberté;
Vouer l'œuvre divine à l'incrédulité;

Perdre temps et raison, au mépris d'une vie
Triste composé d'ombre et de superficie ;
Se griser de désirs, ne se complaire à rien ;
S'insurger contre un mal, et se plaindre du bien ;
Proclamer le néant des hommes et des choses
Pour craindre les effets dont on raille les causes ;
Détruire et relever, sans cesse avec dédain,
Le doute de la veille et la foi de demain ;
Demander le soleil quand on est bien à l'ombre,
La gaîté, quand le cœur a besoin d'être sombre,
Le bonheur, n'ayant rien fait pour l'Humanité,
L'amour pour profaner son immortalité ;
Prostituer les sens à la vile matière
Pour revenir, enfant prodigue, à la prière ;
Lassé de tout le monde et de soi, ne plus voir,
Ne plus sentir, aimer, lutter ni concevoir,
Et, sur le flot fangeux des faiblesses humaines,
Traîner un Idéal, dont les folles haleines
Dans un cœur refroidi n'osent plus se poser,
Si ce n'est pour s'éteindre en un dernier baiser !....

O Nuit, funeste Nuit, que cache sous tes voiles
L'invariable essaim de tes pâles étoiles,
Dont la clarté fuyante et le reflet trompeur
Me poussent vers un but sans fin, qui me fait peur ?
En vain, je veux lutter ! Une force m'oblige
A marcher, sans jamais expliquer mon vertige.
Partout, je vois un gouffre immense à traverser,
Et je sonde mon âme avant de m'y lancer.

Oui, sous ton manteau sombre et froid, ô Nuit profonde,
Je sens tout le néant des vanités du monde ;
Mon pied cherche à tâtons un sentier moins glissant.
Plus il croit qu'il gravite, et plus il redescend ;
Plus mon être se livre à l'espérance humaine,
Plus le vide m'attire, — et je n'ai que la haine
Pour éclairer mon doute, un instant oublié...
Le Doute, qui toujours me frappe sans pitié !

# LE CHANT DU COQ

Stultum est imperare cæteris, qui nescit sibi.
(PUBL. SYR.)

Il est certaines gens, — suis-je bien à blâmer?
Que je ne nomme pas, — mais que je crus aimer.
Ces gens-là, je le sais, me feront un grand crime
De leur avoir livré tout mon être, et l'estime
Que l'on accorde à ceux qui nous tiennent au cœur.
Dois-je accuser moi-même, ou le Destin moqueur,
Ou bien dois-je m'en prendre à la sottise humaine?
Ces gens qui, maintenant, me frappent de leur haine,
Ne se souviennent pas qu'ils m'ont traité d'ami,
Et que leur piédestal, je l'ai presque affermi.

Les services rendus, c'est de la fantaisie
Qu'on ne compte jamais sans doute en poésie;
Et, quand à l'amitié, dans ce siècle pervers,
Elle obtient presque autant de succès... que les vers!

Total : restez toujours sauvage ou misanthrope,
Jusqu'à ce que Plutus lambrisse votre échoppe!
Quant aux petits esprits, dont je ne parle pas,
Ils peuvent sans danger s'attacher à mes pas ;
Je n'ai rien à répondre aux âmes assez viles
Pour me classer au rang nombreux des imbéciles.

Voilà pour mon exorde, et qui le prend pour lui,
Regarde de trop près si le soleil a lui ;
A ce jeu-là, parfois, on peut devenir borgne,
Sans avoir aveuglé l'insoucieux qu'on lorgne.

— Oh ! oh ! me dira-t-on. Vous jugez lestement !

Bah ! Depuis si longtemps, j'ai fait mon testament,
Que je me crois permis, du moins sur cette terre,
De toiser un instant ceux qui me feraient taire.
Un poète est un fou, soit ! Mais la vérité
Est qu'il connaît trop bien la triste Humanité.

Mon Dieu, je ne veux point me poser en apôtre,
Ni réclamer pour moi l'esprit douteux d'un autre.
Je laisse aux vaniteux le pouvoir absolu :
Ce que j'ai fait, créé, dit, je l'ai bien voulu.
L'artiste est, avant tout, maître de sa pensée,
Et si, pour un instant, sa raison est faussée,
C'est qu'il est entouré de sots et de flatteurs
Qui, derrière son dos, seront ses délateurs.

C'est le vol égoïste et froid de l'inutile,
Qui cherche le moyen d'utiliser sa bile.

Hélas! J'en ai connu beaucoup, de ces fruits secs,
Dont les bas compliments préparent nos échecs!
Le bien me souriait, et toute noble cause
Flattait mes vœux secrets! Mais l'orgueil, la névrose
De ces hallucinés, pour lesquels mes ennuis,
Oubliaient chaque jour le dur travail des nuits ;
Cette névrose injuste et sale, qui calcule
Ce qu'un homme produit, par bonté ridicule,
M'a frappé sans pitié, sans même revenir
A ce merci du cœur qui fait le souvenir.

Que m'a-t-il assuré, ce travail d'honnête homme,
Travail de producteur ou de bête de somme,
Que j'apportais toujours, sans en rien réclamer?
On le prenait, — c'est bien! Il savait rallumer
La mèche d'un journal éteint avant de naître,
Ou sortir, malgré lui, quelque manant peut-être !
Il savait enrichir un fat, un éditeur,
Ou produire un monsieur en appétit d'auteur ;
Jeter le pont-levis d'une gloire future,
Demandant à Vénus sa plus large ceinture.

Puis... après? Moi, je suis resté sur le pavé,
Où, me montrant du doigt, on m'a dit décavé ;
On a tenu sur moi quelques propos infâmes,
Exploité mes revers, accumulé mes blâmes,

Et, comme on se heurtait devant ma volonté,
On a voulu salir jusqu'à ma liberté.
C'était osé vraiment! Un poëte, un bohème,
Promener fièrement sa détresse! Problème!
Hélas! Ma liberté, qui donc y toucherait?
C'est le dernier amour que je garde en secret!

Eh bien! Je ne suis pas de ceux qu'une salive
Laisse au bord du trottoir, barboter dans l'eau vive,
Ou qu'un duvet d'oignon fait tomber sans rugir...
Avant de m'accuser, qu'on me fasse rougir!
Depuis assez longtemps que je souffre, la lutte
Convient à mon esprit, à ce cœur qu'on rebute,
A ce cœur que l'on brise, et qu'avec grand fracas
Pour tout remercîment on ne relève pas!
Succomber, ce n'est rien! La mort serait moins dure
Que de se voir atteint par quelque vomissure.

C'est que l'artiste est pauvre, et vit dans un milieu
D'où, ne pouvant sortir, souvent sans feu ni lieu,
Il marche, à la merci de celui qui le joue;
Mais, il n'était pas né pour vivre dans la boue,
Et quand luit à ses yeux un rayon de soleil,
Son être se dilate, au baiser sans pareil
De la grande Nature! Il sent sa foi revivre
Avec les chauds rayons de l'astre qui l'enivre;
D'un superbe mépris frappant ses exploiteurs,
Il leur montre son œuvre, et vise les hauteurs,

N'est-il pas le proscrit de la Libre-Pensée,
Cet homme, qui dépense une ardeur insensée
A découvrir le Beau, dans un siècle si laid,
Que ce qui parle au cœur devient presque un forfait?
On s'est servi de lui, par caprice ou par mode;
Ses rêves, qu'on marchande ou que l'on s'accommode,
Servirent de tremplin à quelque parvenu
Qui, grâce à son argent, n'est plus un inconnu.
Il achète l'esprit, le talent, monte au faîte,
Et l'on consacre un sot devenu grand poète
Pour avoir fait paraître un volume de vers!...


Combien vivent ainsi de leurs propres revers!


C'est à qui maintenant, dans le monde à son aise,
Offrira vingt sonnets, comme on offre une thèse.
On les trouve fort beaux sur leur papier vélin,
Dont les fiers elzévirs, sous leur peau de chagrin
Rehaussent un monsieur ahuri de sa gloire.
Aura-t-il, seulement, conservé la mémoire
De ceux qui, n'ayant pas le moyen de payer,
Cèdent leurs manuscrits au vil prix du papier?


Oh! je vous vois sourire! On fait pleurer un homme,
Aussi stupidement qu'on pressure une pomme;
Quand on a pris son temps, son talent et son bien,
On a vidé son âme... il n'est plus bon à rien!

Mais, un jour, — et ce jour n'est pas très loin sans doute,
Comme le ver rampant qu'on écrase en sa route,
Mais que le pied d'un sot n'a pas anéanti,
Il se redressera tout seul, appesanti;
Consolidé par l'œuvre imposante qui l'use....
Car il retrouvera pour bouclier, sa Muse !

# LA MARGUERITE DE FAUST

MÉDITATION SUR LE POEME DE GOETHE

---

> Si Goëthe n'était pas un homme estimable,
> on aurait peur d'un genre de supériorité
> qui s'élève au-dessus de tout, dégrade et
> relève, attendrit et persifle, affirme et
> doute alternativement, et toujours avec
> le même succès.
>
> (Mme DE STAEL. — *De l'Allemagne.* Chap. VII).

Ni les amants trompés, ni les froids libertins
Ne comprendront pourquoi la pauvre Marguerite,
Cette blonde Germaine aux sourires éteints,
Gardait un amour pur dans une âme maudite.
L'Esprit du Mal a fait de si tristes progrès
Dans ce siècle sceptique où l'intérêt domine,
Que l'amour véritable est presque sans attraits,
Quand d'un être coupable il fait une héroïne.

On plaindra ce docteur, par l'étude hébété,
Qui cherche en Méphisto son conseiller fidèle,
Et, pour se divertir, corrompt la pauvreté,
Ne cherchant qu'un plaisir éphémère auprès d'elle.
Mais, la fille du peuple, humble et chétive fleur
Qui cède, fascinée, à des prières folles,
A perdu pour jamais la chasteté du cœur,
Quand elle boit la mort sous des baisers frivoles.
. . . . . . . . . . . . . . . . . . . . . . . . . . .
O Faust ! Ne savais-tu, quand la pieuse enfant
Te donnait sans rougir la pudeur de son âme,
Ce que tu renversais de ton pied triomphant ?
La science apprend-t-elle à souiller une femme ?
Tu te moquais de Dieu, lorsqu'elle te disait
D'élever sa raison vers un être suprême ;
Tu lui parlais d'amour éternel, et qui sait
Si ton serment railleur n'était pas un blasphême ?
Elle y croyait pourtant, et tu lui répondais
En brisant les lacets de son humble corsage,
Que la Foi ne convient qu'au prêtre comme au sage ;
Et l'enfant se livrait à toi, qui la perdais !
. . . . . . . . . . . . . . . . . . . . . . . . . . .
« Tout n'est que sentiment, cœur, amour, Dieu, n'importe !
« Lui disais-tu, si bas, que tu semblais mourir ;
« Lorsque je viens frapper frémissant, à ta porte,
« C'est Dieu qui crée en toi cet amoureux désir. »


L'amour même pourtant te fatigue et te brise
Quand la femme sans force a reçu tes aveux ;

Un besoin d'inconnu te terrasse, te grise,
Et t'exaspère assez pour te rendre haineux.
Après avoir usé les plaisirs de la terre,
Après t'être abreuvé de longues voluptés,
Tu te sens dégoûté d'un bonheur trop austère
Qui t'eût fait deviner les réelles beautés.
Ce sentiment si doux, que l'amitié fait naître,
Allume dans ton sein un feu désordonné,
Qui se meurt, aussitôt que tu pressens un maître,
Et te laisse l'ennui d'un cœur toujours fané.
Que ne la laissais-tu dans son état vulgaire,
Au lieu de lui verser la semence du mal?
Son amour était chaste, et ne soupçonnait guère
Que l'homme est le jouet de l'esprit infernal.

. . . . . . . . . . . . . . . . . . . . . . . . .

Mais, tu l'aimais ! dis-tu. Ton âme diabolique
Prend pour un cri du cœur le plus grossier désir ;
Marguerite est coupable, et sa honte publique,...
Voilà donc tout le fruit de ton cruel plaisir ?
Oui, tu peux être fier ! Vois, ta maîtresse pleure,
Chaque baiser de toi fait jaillir un sanglot ;
Elle a sacrifié, pour ta gaîté d'une heure,
L'existence d'un frère et d'un fils au berceau.
Ah ! son esprit borné valait bien ta science ;
Tout ce sang répandu coulait pour ton enfant,
Pour ce charmant trésor qu'une mère défend,
Et ne saurait tuer qu'en état de démence !

. . . . . . . . . . . . . . . . . . . . . . . . .

O Faust ! Te souviens-tu de ces mots attristants
Que tu laissas tomber devant l'abandonnée ?

7

« Moi, l'ennemi de Dieu, j'ai souffert trop longtemps
« Pour lui faire ignorer ma pâle destinée.
« Eh bien ! Démon, poursuis ce qui doit arriver
« Que son sort, joint au mien, froidement s'accomplisse !
« Ne me répète pas que je puis la sauver,
« Si nous pouvons tous deux partager le supplice ! »

Et pendant que, tout bas, tu te repais d'orgueil,
Marguerite, en tremblant, s'en va seule à l'église ;
Son pauvre cœur, meurtri par la honte et le deuil,
Pense à l'amour passé que dissipe la brise.
La foule recueillie envahit les arceaux,
Dédaignant cette femme à genoux sur les dalles ;
Elle implore la Foi qui console ses maux,
Interrogeant la voix des orgues magistrales.
C'est pour toi qu'elle prie, et tu blasphèmes Dieu
Qui lui donna pour toi la force et le courage ;
Elle adore la vie, et vient lui dire adieu,
Quand tu n'as dans le sein qu'un sentiment de rage !
. . . . . . . . . . . . . . . . . . . . . . . .
Docteur, pour la sauver, te faut-il Méphisto,
Ce compagnon hautain et dur qui t'humilie ?
Abandonneras-tu ta maîtresse à Clotho
Sans lutter un instant contre ton infamie ?
Le vois-tu, cet ami qui rampe à ses côtés,
Lui parlant à voix basse, et le sourire aux lèvres ?

« Souviens-toi, lui dit-il, du temps des voluptés !
« Marguerite, où sont-ils ces soirs chargés de fièvres,

« Ces moments bien heureux où le ciel était d'or,
« Où toute la Nature écoutait ton doux rire ?
« Malheureuse ! Sans moi, tu ne saurais encor
« Ce qu'un cœur de seize ans renferme de délire !
« Que viens-tu faire ici, pâle, aux pieds de l'autel ?
« Viens-tu toujours prier pour l'âme de ta mère
« Dont tu voudrais chasser le souvenir cruel ?
« Oses-tu renier le meurtre de ton frère ;
« Celui de ton enfant dont les blancs petits bras
« Enlaçaient, innocents, ta gorge profanée ;
« Et ce temple vengeur où tu conduis tes pas,
« Peut-il ensoleiller ta sombre destinée ? »

. . . . . . . . . . . . . . . . . . . . . . . . . .

Voilà ce que lui dit, sans respect ni pudeur,
Ton ami Méphisto, qui détruit ton ouvrage ;
Tantôt, tu lui parlais d'amour et de bonheur
A cet enfant, qui n'a que la honte en partage.
Tu passais ton scalpel sur le cadavre humain,
Et c'est toi, l'érudit, l'homme mathématique,
Toi, qui vois insulter, sans lui tendre la main
Ni lui porter secours, ta maîtresse impudique.
Impudique ! O blasphème et profanation !
Tu salis le duvet de la fleur printanière,
Unissant la magie à la religion
Pour prostituer l'âme à la vile matière.
C'est au cœur abusé que tu fais un procès
De traîner sa candeur dans un bourbier de fange ;
Qu'il est beau ! Qu'il est grand, ce rire d'un Broussais,
Opposant la grimace au sourire d'un ange !

Mais, pour venger la Foi, dont tu brises l'autel,
Un spectre est devant toi, — non pas l'ombre du prêtre
Qui plonge l'être humain dans un doute cruel.
C'est l'âpre vérité qui te découvre un maître ;
C'est le regard d'un Dieu qui venge l'opprimé,
Qui protège l'amour, et donne à l'innocence
Le pardon qu'implorait cet être bien-aimé,
A tes genoux maudits mendiant l'espérance.
Non, nous ne verrons plus ces siècles désolés,
Où, dans un même sac, la femme et la débauche
Feront pâlir d'horreur nos enfants mutilés
Par les maux désastreux que le mensonge ébauche !
Non, nous ne voulons plus réserver un tombeau
A l'Amour, que la femme élève et poétise.
Depuis assez longtemps, on voit chaque lambeau
Du cœur, tomber, sans que rien ne le cicatrise !
Non, nous ne sommes pas encore abâtardis
Au point de méditer la haine pour prière ;
Le souffle impur du mal nous eût-il refroidis,
Le Beau plane toujours dans sa force première !
Nous les userons bien, ces grincements de dents,
Ces blasphèmes sans fin que prodigue l'athée,
Et nous relèverons leurs sarcasmes mordants
Qui couvrent de mépris la famille attristée.
. . . . . . . . . . . . . . . . . . . . . . .

Vanité, Vanité ! Tu ferais peur au jour
S'il fallait professer le néant de l'Amour !

## A mon ami René ASSE.

RÉPONSE SUR LA MARGUERITE DE FAUST.

———

Heureux d'être avec vous, et de m'associer
Au succès de vos vers ciselés dans l'acier,
Si j'écris, ce n'est point pour prôner le mérite
Du poète, qui rêve avec la Marguerite;
C'est pour me joindre à vous devant le saint autel
Où l'encens se prodigue à l'auteur immortel.
Goëthe, pour le chef-d'œuvre éclos en sa cervelle
Acquiert, grâce à vos soins, une gloire nouvelle.
Bien qu'il fût, par cent voix, parmi nous commenté,
La vôtre s'entendra; vous l'avez médité.

    *Octobre* 1878.

                ÉMILE DE **LA BÉDOLLIÈRE.**

# LES BLESSURES

DEUXIÈME PARTIE

# A UNE RELIGIEUSE !

Vous vous êtes donnée au Seigneur, je l'admets !
Obéir à son Dieu, c'est une noble tâche ;
Mais, je vous redirai sans trêve ni relâche
Que, moi, je n'y crois pas, — je n'y croirai jamais !

Je n'y croirai jamais, tant que la vertu même,
La grâce, la bonté, la jeunesse, l'amour,
Seront sacrifiés à cet Être suprême
Qui prend la femme à l'homme et le soleil au jour.

Savez-vous bien pour qui vous vous faites victime ?
Pour une ombre, un fantôme, un rêve sans essor !
Si cet Être existait, il vous ferait un crime
De renier la vie avec ses rêves d'or.

Hélas ! Je ne suis rien dans ce monde de larmes
Où j'ai souffert peut-être et lutté comme vous.
Dans l'épreuve du cœur j'ai découvert des charmes,
Et, parfois, le malheur m'a semblé presque doux.

Car j'étais fier alors d'avoir brisé la chaîne
Des méchants ou des fous, des sots, des préjugés ;
Je me voyais vainqueur de la faiblesse humaine,
Et mes soucis étaient suffisamment vengés.

Mais vous, fleur de jeunesse, vous, fleur à peine éclose,
Vous, dont la lèvre pure et vierge de péché
Disputerait l'éclat à la plus belle rose,
Qu'a donc fait votre cœur pour être ainsi caché ?

Vous croyez en Dieu, soit ! Est-ce un Dieu qui commande
Ce dégoût sans raison de la Société,
Et vous fait déserter ses lois en contrebande,
Soi-disant pour soigner la triste humanité ?

Pensez-vous que la femme, épouse, fille ou mère,
Ne se propose pas d'aussi puissants devoirs
Que la sœur d'hôpital, dont la vague chimère
Ne rencontre qu'oubli sous ses vêtements noirs ?

Et cette frêle main, qui panse la blessure
De quelque moribond lassé d'avoir vécu ;
Qui recueille l'effort de quelque vomissure,
Croit-elle avoir aimé, tout vu, tout résolu ?

Que direz-vous pourtant de cette jeune fille
Innocente de tout, qui sait porter gaîment
La tâche sans pitié d'une lourde famille,
Et ne se plaint jamais d'un bonheur qui lui ment ?

Je pourrais vous citer les dévoûments sublimes
D'êtres sacrifiés en faisant leur devoir;
Se soustraire à la lutte est le plus grand des crimes,
Car, en s'annihilant, ou ne sait plus la voir.

Le Dieu que vous suivez n'est qu'une grande image :
La réalité seule est le but du penseur.
S'oublier, d'après vous, est le plus grand courage!...
Se montrer et lutter, voilà le but, ma sœur.

Vous êtes femme, et moi je vois la vie en homme.
Las des sensations, j'ai peut-être vécu
Assez, pour vous parler toujours en gentilhomme;
Mais, celui qui combat n'a pas toujours vaincu.

Si je vous le disais, pourtant, que dans ses veilles
Certain poète athée et peu digne de vous,
Entendant votre voix, se bouche les oreilles;
Rêvant vos yeux songeurs, se retrouve à genoux;

Si je vous confiais un seul coin de son âme,
De cette âme, livrée aux fortes passions.
Et si, dans l'insomnie, on vous retrouvait femme,
Vous, qui semblez nier jusqu'aux illusions....

Que diriez-vous, ma sœur, du matérialiste,
Du poète païen qui, ne sachant mentir,
Sait, en vous respectant, s'ajouter à la liste
De l'homme malheureux et presque du martyr?

Vous prétendez soigner le pauvre ! Moi, je souffre !
Je suis aussi l'enfant de cette humanité
Dont le mal vous émeut ! Je suis au bord du gouffre,
Et la religion ne m'a pas écouté.

Vous m'abandonnerez aussi sans foi, sans force,
Comme un char embourbé dont on brise l'essieu,
Parce que l'arbre vert a perdu son écorce ;
Parce que l'homme éteint ne peut plus croire en Dieu !

Suivez, suivez toujours, ma sœur, votre croyance !
Ce Dieu seul peut parler à vos convictions ;
Mais, si jamais sonnait l'heure de défaillance,
Où le cœur obéit à ses sensations ;

Pensez qu'il est encore un humble sur la terre
Qui, pleurant désormais sur un livre fermé,
Serait tout prêt à croire à l'éternel mystère,
Si vous avez compris qu'il craint d'avoir aimé.

# LE BOUGE

~~~~~~~~

## I.

### AU FOND DU VERRE

Amour, tu m'as vaincu ! Trop longtemps, en bohème
J'ai vécu, sous le masque insolent du blasphème.
Sous mes haillons troués, implacable railleur,
J'ai vu l'humanité passer comme un mensonge,
Et toi-même, perfide entremetteur du songe,
Je t'ai quitté, craignant de devenir meilleur.

Mais, tu m'as poursuivi de ton rictus étrange :
Ainsi que Méphisto, prenant la voix d'un ange,
Lorsque le fiel du cœur se répandait à flots,
Usant le muscle éteint dans ma large ossature,

Tu m'as rendu sensible aux bruits de la Nature,
Et sorti pantelant des sombres caboulots.

Encore ivre, blasé, suant les nuits d'orgies,
Les yeux chassieux, brûlés à l'air des tabagies,
Le front pâle, avant l'heure, et le cerveau rempli
De doute, de sophisme ou d'ironie amère,
Tu m'as substitué le rêve à la prière,
Le désir au néant et la lutte à l'oubli.

Qu'es-tu donc ? Que veux-tu, compagnon de mes veilles ?
Que viens-tu, chaque nuit, assourdir mes oreilles,
Me torturer les sens ou troubler mon repos ?
Mon âme a secoué sa toison de matière,
Et tu viens maintenant me parler de prière,
Quand l'incrédulité ronge et rouille mes os !

Oui, la femme ! Toujours la femme dans les rêves !
Toujours des flèches d'or, des poignards ou des glaives,
Des soupirs, des sanglots, des regards abattus !
Voilà donc tes moyens, ô prêtre du mystère,
Pour nous prouver sans fin qu'il faut sur cette terre
Acheter de son sang les fragiles vertus ?

Ensorceler le cœur, lui mettre une rallonge,
Presser des sentiments comme l'eau d'une éponge,
Empanacher l'Ennui d'un petit arc-en-ciel ;
Et, recouvrant de fleurs l'affreux gouffre du Vide,

Rafraîchir l'Idéal flétri d'une eau limpide....
Voilà ce que ta main nous prépare au réveil !

Est-ce bien un réveil ? Crois-tu que, pour une heure
De volupté menteuse, où la lèvre n'effleure
Qu'un simple feu follet, quelque baiser d'un jour,
J'irai détruire ainsi, pour l'ivresse passée,
L'échafaudage étroit de la libre-pensée,
Et proclamer partout le règne de l'Amour ?

Ah ! Je comprends ton but ! Pour éterniser l'âme,
Il te faut, comme en tout, ton côté de réclame.
Au lieu d'aller troubler le paisible rêveur
En train de dégoiser un poème à la Lune,
Tu voudrais déterrer l'amant de l'Infortune,
Pour pouvoir, à grand bruit, canoniser son cœur ?

Eh bien, soit ! J'aime enfin ! J'aime, et je veux encore
Bailler un peu d'amour au lever de l'Aurore ;
Je veux, sous des baisers sans nombre, sous mes doigts,
Léger comme un duvet, vif comme une couleuvre,
Sentir glisser un corps d'albâtre, qui soit l'œuvre
Et la perfection de ton talent sournois.

Entre deux seins durcis comme un nid d'hirondelles,
De grands yeux, à damner les cœurs les moins fidèles,
Des lèvres, à couver tous les feux de l'Enfer ;
Entre une gorge tiède et des bras de Sirène,

Je veux bien absorber la beauté souveraine,
Et mourir à ses pieds frissonnants... faute d'air !

Je veux bien, m'enroulant dans sa tresse puissante,
Creusant un Idéal sous l'espérance absente,
Mordre au fruit du désir, par tant d'autres goûté ;
Et me créer ainsi, moi, l'âme désolée
Riant au souvenir de la joie envolée,
Un semblant de bonheur et d'immortalité.

Alors, je sortirai du bouge, tête haute !
Je quitterai gaîment le vice pour la faute ;
Je n'irai plus chercher la vie au jour le jour.
Pour mieux me rebâtir un semblant de jeunesse,
Sacrifiant l'absinthe au cou de ma maîtresse,
Je serai vierge, enfin, pour te complaire, Amour !

II.

LE BAISER

Oh ! qu'il fut enivrant ce premier baiser d'elle !
Entre mes bras nerveux je la sentais mourir ;
J'oubliais tout alors, même le Souvenir,
Quand l'enfant me jurait de me rester fidèle.

Cœur à cœur, lèvre à lèvre et les yeux dans les yeux,
Nous aurions absorbé tout le sang de notre être ;
Nous eussions épuisé la Volupté peut-être
Dans nos embrassements longs et silencieux.

Nuit, quel est ton pouvoir? Quand tu lèves tes voiles
Pour découvrir l'amour dans son immensité,
Dis, pourquoi cet ardent besoin de nudité
Dont le parfum fumant fait pâlir les étoiles?

Sais-tu, terrible Nuit, tout ce que j'ai souffert
En tordant sur mon sein son beau corps souple et frêle?
Mes baisers affamés, pleuvant comme la grêle,
Ont creusé des sillons sur son corsage ouvert.

Pourquoi suis-je saisi de cette soif impie?
Pourquoi la pâle enfant a-t-elle soif aussi?
Mon cœur, usé trop tôt, n'aima jamais ainsi ;
Serait-il le jouet d'une fille assoupie?

Non ! Ne me parles plus de ces vers du bon temps
Où, comme un écorché qui hurle avec détresse,
J'ai ri de tout manant épris de sa maîtresse,
Et traité d'imposteurs mes rêves de vingt ans !

Ces larmes de jeunesse ont fondu dans mon verre ;
J'ai vidé d'un seul trait mon vague désespoir.
Las de vaines douleurs, je me souviens ce soir
Avoir enluminé gaîment mon front sévère.

8

Puis, ma main dans sa main, je me suis étendu
Sur sa couche, escomptant une heure d'insomnie;
Et mon âme, à la sienne étroitement unie,
A ce bonheur d'un jour je me suis suspendu.

Plus frileux cependant qu'un rosier sur sa tige,
J'ai peur! Chaque baiser me donne le frisson;
Chaque regard quêteur obscurcit ma raison....
Hélas! L'amour n'est plus qu'un effet de vertige!

J'aurai donc écrasé contre mon sein maudit
La taille d'une vierge, et, forçant la nature,
J'aurai blessé, meurtri la douce créature,
Pour que demain, demain, jour hideux, tout soit dit?

Tu pleures, pauvre enfant? Que va dire ta mère
Quand, sur ton oreiller baisant tes longs cheveux,
Elle interrogera ton cœur, dont les aveux
Pourraient briser le fil d'une existence amère?

Pardieu, vive Satan! Que la vieille à l'écart
Fonde dans ses sanglots, loin du bonheur intime:
Donne-moi le plaisir, puisque je prends le crime!
L'innocence est flexible et revient tôt ou tard.

Et la vierge s'éteint ! elle voit dans ses songes
Des spectres repoussants qui trafiquent l'amour,
Le bouge, l'hôpital, l'ignoble carrefour
Où le passant l'entend débiter ses mensonges.

III.

## LA CHUTE

Moi, qui sur tes coussins encor chauds de la veille,
Prêtais mon front livide à ton regard impur,
Pourquoi me laisses-tu, quand ma main te réveille,
Comme un cadavre nu que le carabin veille
Pour jeter ses lambeaux demain, le long d'un mur ?

As-tu compris, dis-moi, pauvre fille amoureuse,
Toi, qui fais de ton cœur un divin piédestal,
Que le plaisir du corps cache une plaie affreuse ?
As-tu jamais compris combien est douloureuse
Cette goutte de sang, où s'éteint l'Idéal ?

Non, tu ne saisis pas, dans ta candeur cruelle,
Ce hideux océan, où l'Amour à longs flots
Verse dans chaque veine une lie éternelle :

Dès le premier baiser d'une âme sensuelle,
Tu t'endors au parfum brûlant de mes sanglots.

Et que me font, à moi, tes plaintes oppressées ?
Que sert entre mes bras un corps inanimé ?
Ce que je veux, ce sont tes lèvres insensées
Épuisant à la fois ma force, mes pensées,
Et les rêves menteurs d'un printemps bien-aimé !

. . . . . . . . . . . .    . . . . . . . . . . .
. . . . . . . . . . . . . . . . . . . . . .
. . . . . . . . . . . . . . . . . . . .

Insensé ! Comprends-tu quelle était ta folie,
Et combien un beau rêve est peu dans cette vie ?
Tu t'épuisais les sens, tu te brisais le cœur
Pour te rire aujourd'hui de ta propre douleur.
Tu ne savais donc pas qu'elle était insensible ;
Que sa lèvre était fausse et son baiser terrible ?
Malheureux ! Ses regards ne t'avaient donc pas dit
Que son souvenir même un jour serait maudit ?
Tu l'aimais bien, pourtant ! Tu l'aimais comme un ange ;
Ton amour innocent se traînait dans la fange,
Cette fange du cœur qui trouble le sommeil
Aux reflets incertains d'un rayon de soleil.
Tu te croyais encore au temps de la jeunesse
Où le moindre sourire était une promesse ;
Où ton âme, éloquente en ses emportements,
S'apaisait aux doux bruits d'harmonieux serments !

Tu la voyais toujours avec sa robe blanche,
Son front timide, ainsi que la frêle pervenche
Qui distille au printemps ses larmes de cristal,
Sur un gazon brûlé par le souffle du mal.
Pauvre fou ! C'était l'heure étrange, fantastique,
Des secrètes ardeurs dans un sang lymphatique ;
Le désir impuissant vivait au jour le jour...
C'est un rêve si long que le premier amour !

C'est un rêve si long et si court ! La souffrance
Découvre à chaque pas l'éternelle espérance ;
Un seul mot l'encourage, un seul baiser l'endort,
Et l'on serait heureux dans les bras de la Mort.
Comprends-tu maintenant quelle était ta folie,
Et combien chaque songe est abreuvé de lie ?
Ménage tes beaux jours, méprise la douleur....
Car, l'amour est un mot, et la femme est sans cœur !

### IV.

#### LA MALÉDICTION

Je reviens donc à toi, pâle et sombre Bohème !
Abandonné de tous, maudit par ce que j'aime,
　　M'usant les nuits, errant les jours,
Je viens encor sucer tes arides mamelles,
Et chercher, dans l'oubli des ivresses mortelles ;
　　Le spectre des folles amours.

Regarde mon sourire amer ! Il est étrange !
Sur ma lèvre où, jadis, la caresse d'un ange
     Aimait souvent se reposer,
L'affreux rictus, chargé de longues ironies,
Voit tomber un à un, comme les fleurs jaunies,
     Les rêves du premier baiser.

Oui, je reviens à toi ! Rouvre-moi ton Grand-Livre !
Tu me faisais crédit, toi, lorsque j'étais ivre,
     Tu me laissais au moins dormir ;
Et, quand les bruits du cœur m'étourdissaient l'oreille,
J'étouffais au glou-glou trompeur de la bouteille
     La voix morne du Souvenir.

Aujourd'hui, je ne sais plus boire ! Si la haine
Peut étancher jamais une douleur humaine,
     Je la ressens profonde au cœur.
Son poison dans ma coupe a distillé sa lie,
Et l'urne qui noyait mon ancienne folie,
     Ne rend qu'un son rauque et moqueur.

Elle est vide, et j'ai soif ! Remplis-la donc, cruelle !
Rien ne peut plus sortir de ma gorge rebelle. . .
     Pas même un rire large et vrai !
Dussé-je en une fois, les lèvres haletantes,
Trouver la mort au fond de ses gouttes brûlantes,
     Je veux la vider d'un seul trait !

. . . . . . . . . . . . . . . . . . . . . . . . .
. . . . . . . . . . . . . . . . . . . . . . . .

Oh! que l'orgueil humain est superbe en sa chaîne !
J'ai le cœur plein d'amour et le sang plein de haine ;
    Je voudrais l'étouffer
Ce petit être nul, qui, sous le nom de femme,
Nous trompe par les sens ou nous grise par l'âme,
    Et qu'on ne peut greffer.


Oh! si je tenais, toi, l'être de mon être,
Si je pouvais en toi m'absorber et renaître,
    Même au souffle du mal,
Je te dirais combien je t'aime et te méprise,
Toi, qui n'as pas compris que la douleur me brise
    Sous son poids infernal.


Tiens! Ta lèvre me brûle au fond même des fibres !
Les facultés du cœur chez moi ne sont plus libres ;
    Je vois s'ouvrir l'Enfer.
Va-t-en! Le Souvenir me ronge, me déchire,
Et le proche regret pour un lointain délire
    Veut que je change d'air.


Eh bien, j'en changerai ! Je choisirai le vide
Contre l'air mensonger de mon amour timide,
    De ton baiser cruel.
Adieu! J'ai cru rêver! Hélas! je rêve encore :
Ce qui reste de toi, m'ulcère et me dévore
    Comme un poison mortel.

Adieu ! J'étais humain ! L'humain n'est pas un chêne !
Seul, un amour trahi peut enfanter la haine,
      La haine du bonheur !
Si je pouvais !... Mais, non ! La plus douce colombe
Ne vaut pas désormais le lit froid de la tombe....
      Et je t'aime, ô Douleur !

Aime-moi ! J'ai besoin d'une brutale étreinte.
Je viendrai dans tes bras sans honte ni sans crainte,
      Je suis dur à l'effort ;
Et quand viendra l'instant où tout se désagrège,
J'irai, sans trébucher, grossir l'affreux cortège
      De l'amoureuse mort !

# CURIEUSE !

Qui je suis ? une âme lassée
Cherchant un rayon de soleil.
Qui je suis ? Une ombre effacée,
Attendant l'heure du réveil.

Qui je suis ? Poète peut-être,
Pâle avorton du genre humain,
Brisé dans l'ombre avant de naître ;
Gueux hier, et pauvre demain.

Qui je suis ? L'ami de la veuve
Pleurant au seuil de mon grenier,
Et de l'enfant, dont l'âme neuve
Souille sa main pour mendier;

Qui je suis? La souffrance même
Cachant les larmes de ses yeux;
Car j'aime tout et rien ne m'aime...
Je suis jeune et j'ai le cœur vieux !

Qui je suis? Un penseur honnête
Disant le bien comme le mal;
Qui ne veut pas que le poète
Fasse du cœur un capital;

Qui ne veut pas que la pensée
Soit dans les chaînes des goujats,
Comme une captive oppressée
Sous la férule des rajahs.

Ah! je vous vois déjà sourire
Moins doucement qu'à votre chien,
Qui sous son coussin bleu respire
Comme un être qui ne sent rien !

Celui-là, vous l'aimez, madame !
Vous lui baisez jusqu'au museau,
Tandis que moi, j'emporte une âme,
Fraîche éclose pour le tombeau.

Je m'en retourne solitaire,
Le cœur chaud d'un sang vigoureux,
Partager gaîment sur la terre
Mon pain avec les malheureux.

Ceux-là, madame, je les aime ;
Car ils comprennent ici-bas,
Que le bien du pauvre bohème
Est à tous ceux qui n'en ont pas !

# LA
# SYMPHONIE DE LA MORT

La Mort, ce laid produit de l'antique Nature,
La Mort, le vaste effroi de toute créature....
(*Iambes*. — Aug. Barbier.)

### L'ENFANT

Spectre affreux ! Cache-moi ton orbite terrible,
Tes os nus, plus glacés que la nuit du tombeau !
Mon âme s'endormait dans un rêve paisible :
Retire-toi ! Je meurs d'effroi sous ton manteau.

### LA MORT

Écoute, enfant ! Ma main est celle d'une amie,
Je ne viens pas jeter le trouble dans ton cœur ;
Le sommeil que je donne est plus doux que la vie...
Sais-tu la volupté de mon baiser moqueur ?

### LE POÈTE

Spectre impur, je te hais ! Cache-moi ton image,
Épargne—moi l'horreur de ton fade baiser.
Je veux vivre, et mourir d'une ivresse sauvage,
A la coupe sans fiel que ta main vient briser.

### LA MORT

Viens ! Tu vivras toujours dans mon royaume sombre,
Où les Songes viendront charmer ton doux sommeil ;
Tu ne connaîtras plus les abîmes sans nombre
Qui, de la folle ivresse, attendent le réveil.

### LE POÈTE

Combien j'aurais voulu, libre de mes pensées,
Au festin de la vie, en convive m'asseoir ;
Puis le cœur encor plein des heures effacées,
Confier chaque rêve aux longs échos du soir !

Que je souffre ! Sans but, égaré sur la terre,
D'épreuves sans raison je me suis abreuvé ;
La vie à chaque instant s'enfuit, sombre mystère,
Emportant le bonheur dès l'enfance rêvé !

### LA MORT

Poète, tu verras que ma coupe a des charmes
Inconnus aux vivants, qu'une caresse endort ;

Sur la terre d'oubli tu n'auras que des larmes....
L'amour même renaît dans les bras de la Mort !

### LE POÈTE

La Mort ! Hideux débris de la pensée humaine,
Où le bloc de matière, en liquide dissous,
Fait du corps le plus pur, de la plus fraîche haleine,
Un peu de pourriture ; — où les yeux les plus doux,

Éteints, décomposés, font peur à la lumière !
Où la lèvre, insensible aux chaleurs de l'amour,
A perdu son sourire, et sourde à la prière,
Semble se déflorer, même aux baisers du jour !

La Mort ! Horrible spectre aux rides anguleuses,
Dont la longue mâchoire et la froideur du fer
Exhalent des vapeurs putrides, crapuleuses,
Et dont la face prend le rictus de l'Enfer !

La Mort, dont la grimace empoisonne la vie
Exubérante et large en son rêve vainqueur ;
Dont la rongeante faim, toujours inassouvie,
Nous met un ver rampant à la place du cœur !

La Mort l'a surprise, elle, à travers les nuits roses,
Elle, qui ressemblait à ces fleurs de printemps
Qui livrent au soleil leurs corolles mi-closes....
Rires, jeunesse, amour, tout cela n'a qu'un temps !

Qu'es-tu donc, toi, qui fis l'espèce à ton image,
Toi, qui nous as créés pour nous anéantir?
Laisse l'atôme au sol, au ciel bleu le nuage,
Et le Vide au Néant dont tu nous fis sortir!

### L'ENFANT

Laisse-moi reposer dans les bras de ma mère!
Suis-je donc au bonheur étranger désormais?
Rends-moi ce beau soleil qui dore ma chimère,
Et ce calme du cœur qui ne revient jamais!

### LA MORT

Là-bas, au noir séjour, les êtres se retrouvent,
Et quiconque vient voir mon royaume enchanté,
Voit tomber tout à coup les lambeaux qui le couvrent,
Et son rêve y vivra de toute éternité.

### LE POÈTE

O Mort! tu souilleras ma figure pâlie
        De ton hideux baiser.
Quand je voudrai jouir de ma jeune folie,
Tu viendras ravager ce faible corps qui plie,
        En croyant l'apaiser.

Tu seras, devant moi, comme un fantôme étrange
        Drapé dans son manteau,

Et quand j'écouterai la prière d'un ange,
Tu viendras, à pas lents, me traîner dans la fange
     Immonde du tombeau !


Puis, posant, sans pitié, cette main décharnée
     Sur mes cheveux flottants,
Tu jetteras l'oubli dans mon âme obsédée.
Ta voix s'élèvera vibrante, saccadée,
     Et tu riras longtemps !


Comme on coupe une tête au tranchant d'une lame,
     Tu faucheras mon cœur ;
Car tu n'as jamais su, toi, ce qu'est une femme...
Tu n'as jamais aimé que le bruit de ta rame
     Rasant le flot moqueur !


Morne et les yeux éteints, au déclin de l'aurore
     Qui me verra mourir,
Tu viendras m'arracher à tout ce que j'adore....
Seul, dans l'immensité, vibration sonore,
     Montera mon soupir !


Mais cet écho vengeur, sous ton manteau de bure
     Troublera ton repos ;
Car l'amour répondra plus tendre à mon murmure....
Toi, tu ne sentiras qu'une horrible brûlure
     Qui rongera tes os !

## LA MORT

Je reste le produit de l'antique Nature;
Peu me fait la douleur si je reprends mes droits.
On vous donna le rêve, à moi la pourriture :
Mais la tombe est mon trône, et je dompte les rois.

## LE BOHÈME

Sans laisser de trace
Des folles amours,
Moi, je bois toujours...
Tout passe, tout lasse!

## LE DOCTEUR

Docteur Faust! Tu cherchais l'amour, quand l'amitié
T'avait abandonné! Chère, par habitude,
L'étude avait fermé ton âme à la pitié;
On enviait pourtant ta morne solitude.
Quoi! Pas un seul ami? Pas une seule main,
Quand le moindre des chiens suit la chienne dans l'ombre?
Ton cœur, sans horizon, devant le flot humain
Tombait comme un squelette épouvantable et sombre.
Regarde maintenant au bout de ton scalpel!
Jette en un même sac là matière et cette âme,
Que tu crus découvrir dans un songe cruel!
Tes amis t'ont vendu! Les baisers de la femme

Ont épuisé ton corps, — et le diable a souri
De voir un vieux savant se prendre à la caresse
Du Printemps ! Pauvre Faust ! Ton cœur était pourri,
Et tes sens abusés se saturaient d'ivresse.
Te voilà satisfait ! Le bonheur t'a repu,
La Science a perdu pour toi ses premiers charmes ;
Le Vice te dégoûte, et la sotte Vertu
Sur tes yeux desséchés trouve à peine des larmes.
Que veux-tu ? Revenir au sentiment du Beau !
A l'étude sans but des mystères du monde ?
Mais, tu n'as pas fini l'épreuve ! Le tombeau
Verra demain les vers ronger ta chair immonde,
Et tu te débattras contre un autre baiser
Plus froid et plus mortel que celui de la vie....
Le baiser de la Mort qui, pouvant tout oser,
Sera plus meurtrier que l'ongle de l'Envie !
Pardieu ! Que te faut-il encore ? Pauvre fou !
Le divin Créateur te fit à son image ;
L'âme, que tu poursuis, renaîtra n'importe où....
On ne peut gaspiller un si parfait ouvrage !
On t'a fait entrevoir, — sans te les accorder,
L'amour et l'amitié, le rêve et la science ;
Et devant tous ces dons, que tu n'as pu garder,
Tu dois te mettre en règle avec ta conscience ?
Ah ! la Foi te sied bien ! La crainte du fumier
Te ramène sans doute aux croyances humaines !
A quoi donc t'a servi tout ce docte métier
De savant, pour trembler sous les fades haleines

De la Mort? J'ai perdu comme toi mes désirs,
J'ai perdu mes amis, j'ai souffert de la femme;
Mais quand j'aurai brisé la coupe des plaisirs,
Si tu trembles pour toi, tu peux prendre mon âme !

. . . . . . . . . . . . . . . . . . . . . . . .

### LE BOHÈME

Comme une hirondelle
Fidèle,
Je vogue toujours.
Perdu dans l'espace,
Je passe
Seul et sans amours.

Parfois, dans la brise,
Qui brise
Mon cœur et mes sens,
J'aime la bohème
Qui m'aime...
Je hais les passants !

Zut, à ce grand monde
Immonde,
Qui n'a pas de cœur !
J'aime mieux l'ivresse,
Qui dresse
Son front moins moqueur.

Dans mon large verre,
    Sévère
Ami du passé,
Je retrouve encore
    L'aurore
Du ciel effacé.


A d'autres, les peines
    Humaines,
Les sanglots discrets;
Au bras d'une fille,
    J'étrille
Mes vagues regrets.


Je ris et je pleure,
    J'effleure
Mille et un baisers;
Puis, loin de la foule
    Je soûle
Mes rêves froissés !


### LA MORT

Bohème, va-t-en ! Je n'aurais que faire
D'un mortel qui sait se moquer de moi :
Monsieur le Docteur fait mieux mon affaire ;
Nous avons un compte à régler, je croi.

Docteur, es-tu prêt? J'ai soudé ma hanche,
Pommadé mon crâne et verni mon dos.
Tu m'as dépecé; — rends-moi la revanche !
Tu pris le scalpel, — moi, je prends la faulx !

Tu gâches ton temps sur la froide terre
Où les plus beaux fruits n'ont qu'une saison.
Passe-moi l'amour, — garde le mystère;
Troque ton esprit contre ma raison.

L'habit noir irait à mon profil jaune;
Ajuste la manche à mon cubitus,
Et j'irai danser pour toi, comme un Faune.
Rends-moi le sourire et prends mon rictus.

J'ai pour les beautés des plaisirs étranges,
Ma longue mâchoire a des baisers purs ;
Leurs petits doigts blancs entre mes phalanges
Deviendront brûlants contre mes fémurs.

Et ma clavicule, autrefois si ronde,
Paraîtra si douce à leur cou glissant,
Que je séduirai la brune et la blonde
Comme on cueille un fruit bien mûr en passant.

Mes os, allongés pour la valse folle,
Rempliront encor l'office voulu.
Docteur, es-tu prêt? Ta rotule est molle ;
Mon vieux tibia n'est jamais moulu.

Viens me remplacer ! Ta carcasse est vide,
Tes petits yeux verts font peur à l'Amour ;
Ta chair presque flasque et ton front livide
Feraient le régal de plus d'un vautour.

A quoi bon payer ton propriétaire ?
Je te céderai, gratis, mon tombeau
Qui se plaint toujours de son locataire :
C'est un lit royal pour un soliveau !

Puis, je suis lassé des refrains moroses
Du corbeau funèbre et du sot hibou ;
Garde mon odeur et mes ecchymoses,
La clef de ma tombe est sur le verrou.

Je suis rutilant, — tu trembles la fièvre,
Dans mon noir séjour va te reposer ;
Tu n'es pas plus fort qu'un enfant qu'on sèvre...
On t'achèverait avec un baiser !

Docteur, es-tu prêt ? La jeunesse est brève,
La tienne, crois-moi, ne reviendra pas.
Revêts le linceul ; — je reprends le rêve
Que tu m'as volé jadis ici-bas !

# IDÉAL ET MATIÈRE

J'ai vu ses seins luisants sous ma folle caresse
S'arrondir mollement comme un lys au soleil ;
J'ai vu son cou de vierge à l'albâtre pareil,
Se gonfler de désirs et s'engorger d'ivresse.

Ma lèvre a parcouru ses yeux morts de sommeil,
Sa bouche dédaigneuse, exquise de paresse ;
Sous mes doigts de poète et d'artiste, sa tresse
Enroulait tout son corps à l'heure du réveil.

Et je l'aimais ainsi ! Sens vils, tiède matière,
Arrachez-moi du cœur le rêve et la prière,
Détruisez, sans pitié, mes croyances d'un jour ;

De ce corps plein de vie, arracherez-vous l'âme ?
Si perfides que soient les baisers de la femme,
L'Idéal est atteint tant que dure l'Amour !

# ORGIE ET RÊVE

## LE POÈTE

O Muse, prends ta lyre, et berce ma pensée
De ces folles chansons des heures d'autrefois.
J'ai besoin de rêver, et mon âme est lassée;
Les mots ne savent plus s'enchaîner à ma voix.

## LA MUSE

Et qu'as-tu donc, pauvre poète?
N'entends-tu pas, sous les rameaux,
Le chœur joyeux des passereaux
Célébrer la Nature en fête?
Ne vois-tu pas sur l'espalier
Se balancer la grappe mûre?
N'entends-tu pas le frais murmure
Du ruisseau qui suit le sentier?

## LE POÈTE

Oui, tout, autour de moi, respire la jeunesse.
La brise a la douceur de mon premier baiser ;
Mais, je ne chante plus ! Le souffle de l'ivresse
Dans mon être inquiet ne vient plus se poser.
Je ne suis, il est vrai, qu'un passant sur la terre,
Et je n'étais pas né pour l'éternel Amour ;
Je vieillis sur le seuil de l'Ennui solitaire,
Où chaque souvenir s'éteint avec le jour.
Que m'importent, à moi, les rayons de l'Automne
Jouant sous les tilleuls de la verte forêt,
Ou l'Hiver, endossant sa robe monotone,
Si le prisme du cœur à mes yeux disparaît ?
Que me font le ruisseau dans sa couche de mousse,
Les pampres surchargés, les fécondes moissons,
Si l'homme doit marcher où le Destin le pousse,
N'ayant d'autres lointains que de noirs horizons ?

## LA MUSE

Poète, l'âme est immortelle !
Le cœur de l'homme est toujours plein
De l'amour, qui gonfle son sein,
Et rend sa peine moins cruelle.
Si tu remontes vers les cieux,
Tu retrouveras l'Espérance ;
Elle est la sœur de la Souffrance,
Et boit les larmes de nos yeux.

## LE POÈTE

Hélas ! j'aimais jadis à répandre mon âme
Quand l'incertaine Foi veillait à mes côtés ;
Puis, le Doute a fauché, comme un tranchant de lame,
La dernière moisson des jeunes voluptés.
Je ne demandais pas l'espérance éternelle,
Poursuivant dans l'espace un astre évanoui,
Ni ce vague bonheur que l'Infini révèle,
Et. que l'atôme humain suit d'un œil ébloui.
Je n'étais pas de ceux qui ne voient dans la vie
Qu'un vaniteux hochet de vice ou de plaisir ;
Un squelette poudreux, sans but et sans envie,
Qui subit l'existence et tombe sans désir.
Des jours de mon passé, que pourrais-je te dire ?
Le rêve d'un matin dura moins qu'une fleur,
Sans laisser après lui l'aumône d'un sourire,
Et ma jeunesse est morte en un jour de douleur.

## LA MUSE

Ne sais-tu pas, fleur exilée,
Que la vie même est un adieu ?
Le vrai bonheur est près de Dieu
Où chaque peine est consolée.
Ce pâle reflet de l'Amour
Sans avenir et sans essence,
C'est le néant dans l'existence
Auprès du céleste séjour.

LE POÈTE

Tu me parles d'espoir ! Une étincelle errante,
Un fantôme indécis, né d'un esprit craintif,
Dont la vapeur se mêle à la brise mourante ;
Un mensonge d'une heure étrange et fugitif ?
C'est le soleil, perçant l'obscurité profonde,
Dont les feux empruntés scintillent sans chaleur ;
Tel qu'un rubis perdu dans l'abîme de l'onde,
L'œil étonné s'égare à sa fausse lueur.
Je ne veux ici-bas ni juger ni connaître.
J'étais heureux jadis de mon obscurité,
Et je n'accusais point ton Dieu qui me fit naître,
Jusqu'à ce jour maudit où mon cœur s'est heurté...

LA MUSE

Poète, la bonté divine
Sait pardonner au repentir.
Chaque faiblesse est une épine
Que le regret vient amortir ;
Puis, auprès d'un passé de larmes,
Ne peux-tu ranimer l'Amour ?
Tu peux bien l'accuser un jour
Et, demain, lui trouver des charmes !

LE POÈTE

Le ranimer ! Hélas ! Mais, la femme qu'on aime,
Qui résume à nos yeux la volupté suprême,

Pour laquelle, en tremblant, on se met à genoux ;
Cette femme si belle, aux lèvres toujours roses,
Qui nous fait adorer les plus petites choses....
    Cette femme se rit de nous !

Faut-il donc la traiter comme une courtisane,
L'entraîner froidement, d'une étreinte profane,
Sur le lit où grondaient ses désirs amoureux ;
Ou se voir condamner, par sa propre maîtresse,
Aux rongements sans fin d'une vie en détresse,
    Pour un amant plus vigoureux ?

O pudeur de boudoir, on connaît tes mensonges !
Vous ne saurez jamais, vous, qui croyez aux songes,
Ce qu'une femme peut vous verser dans le cœur,
Si vous ne vous sentez cuirassés d'énergie,
Vous boirez le poison de sa dernière orgie
    Dans son baiser vil et moqueur.

Quand errait, au hasard, votre raison folâtre,
Vous est-il arrivé, tisonnant près de l'âtre,
De rugir dans l'étau de l'amour idéal ?
Dans un moment d'oubli, lassés des pures âmes,
Vous cherchiez, mais en vain, près de certaines femmes,
    Le secret du plaisir brutal.

Bientôt vous reveniez, la poitrine oppressée,
Fixant sur des bonheurs plus vrais votre pensée,
Pour chasser loin de vous ce hideux souvenir.

Et vous vous répétiez, séduits par un beau rêve :
« Mais, ce n'est pas l'Amour, celui qui nous élève,
     « Et devant Dieu doit nous unir! »

Jeunes fous! Vous croyez à la sainte promesse
D'un masque de vingt ans qui s'incline à la messe,
Et dont la foi consiste à trouver un époux?
Vous la suivez au temple, au bal, aux Tuileries....
Les chemins qu'elle prend sont pleins de rêveries;
     Ses regards ne sont que pour vous !

Ils vous suivent partout, dans vos jeux, dans vos veilles.
L'éternelle chanson bourdonne à vos oreilles ;
Vous dépensez de l'or pour lui baiser la main.
Elle flatte longtemps l'espoir qui vous abuse ;
Pendant que vous souffrez, son petit chien l'amuse,
     Et toujours : « Revenez demain ! »

A peine sortez-vous, maltraités de la sorte,
Qu'un amant moins discret vient frapper à sa porte,
La trompant par l'orgueil ou par la vanité ;
Et, malgré ses hauts cris, malgré ses remontrances,
Vous apprend que, souvent, soumis aux apparences,
     L'amour vit de réalité !

Ah! ne prétendez pas dégager sa nature,
Affranchir son esprit de cette fange impure
Où le démon du Mal se plut à l'éblouir !
Que la femme ici-bas soit victime ou complice,
Son cœur désordonné demandera justice
     En nous criant : JOUIR! JOUIR!

## LA MUSE

Poète, quelle est donc l'offense
Qui te rend cynique et moqueur?
Une femme dans ton enfance
N'a-t-elle pas bercé ton cœur?
Souviens-toi comme elle était belle
Avec ses grands yeux pleins d'azur;
Combien son regard était pur
En guidant ton âme rebelle !

Ne sais-tu, poète insensé,
Qu'il en est d'autres dans la vie
Comme celle qui t'a bercé,
Dont la vertu n'est point ravie;
Et que si l'une, par hasard,
Sur son chemin chancelle ou tombe,
C'est toi-même, qui vers la tombe
As poussé cet être hagard?

## LE POÈTE

O femmes sans pudeur, à quelle ignominie
Avez-vous assoupli votre corps affamé,
Qui, salement vautré sur un lit d'infamie,
Fait sangloter un cœur qui devait être aimé ?
Vous avez eu vingt ans, et sur vos lèvres d'ange
La vertu rougissante imprégna sa candeur;
Vous ignoriez alors qu'une fois dans la fange,
Vous ne trouveriez plus même un cri de douleur.

10

Le soleil de la vie empoisonnait votre âme ;
Vous n'aviez pas assez de nos riens amoureux,
Et, comme d'une plaie on arrache une lame,
Vous préfériez voler le pain des malheureux !
Le cynisme de l'or, qui flatte la luxure,
La froide vanité, le besoin de plaisirs,
Éblouissaient donc bien votre misère obscure,
Pour calfeutrer vos cœurs dans de honteux plaisirs ?

O femmes sans aveu, qu'un vain luxe éclabousse,
Dont le corps à l'orgie et dont l'âme, qui ment,
Regardent sans rougir le démon qui vous pousse
Vers un sentier de honte et d'avilissement ;
Vous n'avez pas toujours été ce que vous êtes,
Pour toiser sans pitié le spectre de l'Amour,
Et quand, à nos dépens, vous vous grisiez de fêtes,
Rappelez-vous le pain que vous mangiez un jour !
Vraiment, c'est bien à vous de mépriser les hommes,
D'étaler à leurs yeux un semblant de pudeur,
Quand nous venons à vous, stupides que nous sommes,
Dépenser à vos pieds l'avenir et l'honneur.

L'Avenir ! Mais, pour nous, c'est un flot de détresse,
Un gouffre d'amertume et de doute épuisant,
Où, pâle feu follet, le désir sans ivresse
Enterre, en une nuit, l'amour agonisant ;
Où l'âme n'est qu'un spectre affreux de la matière ;
Où le corps défaillant, brisé, déjà vaincu,

Se livre à la merci de quelque aventurière
Qui l'use et le pourrit avant d'avoir vécu.
L'œil vide et sans regard, votre amant rachitique
Comme un chantre hébété qui larmoie en bêlant,
Semble entonner son glas sur un refrain bachique,
Auquel vous répondez par un baiser gluant.
Étreinte dégradante où se heurte le rêve,
Où s'use la croyance, où s'envase le cœur,
Et ce calme d'enfant, qui près de vous s'achève
Dans un ricanement monotone et moqueur !

### LA MUSE

Que de fois la main consolante
D'une femme a fermé tes yeux !
Que de fois son ombre tremblante
Enfant, t'a fait rêver des cieux !
Ne sentais-tu pas dans ton âme
Un bien-être alors inconnu,
Et quand ton cœur s'est souvenu,
La trouvais-tu toujours infâme ?

Pauvre poète, souviens-toi
Que commune est notre faiblesse !
On se relève par la Foi
Qui nous soutient dans la tristesse.
Pourquoi ce sombre désespoir
Quand tout me semble te sourire ?
Parle ! Ne peux-tu pas tout dire
A l'ange bienfaisant du soir ?

LE POÈTE

Ne plus aimer, et sentir dans son âme
    Comme un besoin d'aimer encor !
Esprit du Mal, qu'est-ce donc que la femme ?
    Autrefois, dans un rêve d'or,
J'ai vu passer une ombre fugitive
    Qui fatiguait mon cœur, mes sens,
Mon jeune orgueil, ma croyance naïve,
    Et mes baisers agonisants.
J'ai vu passer, superbe et radieuse,
    Celle qu'on rêve ici-bas,
Et j'ai perdu sur la terre oublieuse
    Même la trace de ses pas.
Ah! j'ai juré pendant toute une vie
    De fouler du pied chaque fleur !
Marchant toujours, sans haine et sans envie,
    Fermant l'oreille à la douleur,
Je me suis ri de l'humaine souffrance;
    Jouant sur table mes sanglots,
Avec dédain j'ai perdu l'espérance
    Comme un fou, las de ses grelots.
Pourquoi mon cœur saigne-t-il? Je l'ignore !
    Pourquoi tout mon sang rallumé
Circule-t-il, plus tiède que l'aurore?
    Une fois n'ai-je pas aimé?
Je dois rêver, puisque je n'ai plus d'âme
    Et que je vis parmi les morts!
Ne sais-je pas que l'amour de la femme
    N'est qu'un hideux besoin du corps?

Et cependant, je sens dans tout mon être
  Frissonner des désirs perdus....
Ces yeux moqueurs que j'adore, peut-être,
  Avant demain seront vendus !

### LA MUSE

Tu le vois, poète ! Un mystère
Te retient encore ici-bas,
Et si tu tiens à cette terre,
C'est qu'au fond tu ne la hais pas.
Si, dans des voluptés étranges,
Ton corps seul a pu s'épuiser,
Ton âme reste avec les anges....
Souviens-toi du dernier baiser !

### LE POÈTE

Elle était là, debout, me crachant à la face
    Son besoin de m'aimer,
Et j'étais impuissant, comme une lourde masse
    Qui ne peut s'animer.

Sa lèvre longuement s'attachait à ma lèvre,
    Pâle de volupté ;
Mon sang décomposé circulait plein de fièvre
    Dans mon être attristé.

Son corps autour du mien, plus jaloux de son œuvre
    Que de mon vain amour,
Se glissait, se tordait, plus prompt qu'une couleuvre....
    Et je voyais le jour !

N'avais-je pas assez des cruelles souffrances
        Qui me clouaient au lit?
Car la honte emportait les seules espérances
        De mon destin maudit.

Sombre, je regardais cette beauté fatale
        Qui me frappait au cœur :
J'avais donc tout perdu? Tout! Détresse infernale
        D'un baiser sans chaleur.

Ah! que ne venait-elle, intraitable convive,
        Au lieu de m'épuiser,
Adoucir les douleurs d'une âme maladive
        Qu'elle savait briser?

Et qu'avais-je donc fait à cette femme altière,
        Aux regards insolents,
Quand, moi, j'étais en proie au feu de la matière
        Qui me brûlait les flancs?

Laisse-moi! Par pitié, laisse-moi! lui disais-je,
        Laisse-moi pleurer seul!
Mais, elle m'enlaçait dans ses deux bras de neige
        Comme en un blanc linceul.

Oh! ce baiser mortel! Il m'entrait dans la lèvre,
        Dans les os, dans la chair,
Pareil au cauchemar qui sillonne la fièvre
        Avec des bruits d'enfer.

Il glaçait tout mon sang, il pénétrait mon âme,
        Il m'étouffait le cœur....
C'est le premier baiser d'une bouche de femme
        Qui me jette en stupeur !


Mes membres ont claqué comme ceux d'un squelette
        Balloté par le vent ;
Tout mon être pendait, ainsi qu'une amulette
        Au porche d'un couvent.


J'étais là, dévasté, triste et pâle hécatombe,
        Sans rêves bien suivis,
Confiant à l'Amour, couché sur une tombe,
        Mes sens inassouvis.


Mes cheveux ruisselaient ! C'était horrible chose
        Que cet affreux plaisir
Sans but, sans lendemain, sans effet ni sans cause,
        Mais ivre de désir.


Oh ! ce baiser brûlant ! Ma gorge en râle encore,
        Mon sein s'en est brisé ;
Ce ne fut qu'un long cri du couchant à l'aurore.....
        Mon cœur s'en est usé !


Dis, fille du démon ! Quelle influence étrange
        As-tu pris sur mes jours ?
Tu m'apparus soudain sous les traits d'un bel ange
        Messager des amours.

Et je grinçais alors, je pleurais ma jeunesse
        Ou mes illusions ;
Tu vins, ange du Mal, pour guérir ma tristesse,
        Doubler mes passions.

J'ai mis sur ton pâle visage
Le dernier baiser du passant ;
Ta lèvre a servi de breuvage
A mon cœur jeune et frémissant.

Et semblable au joyeux convive
Assis au banquet des amours,
Comme toi, beauté fugitive,
Je me suis dit: « Marchons toujours ! »

Vidons tous deux jusqu'à la lie
La volupté qui doit mourir :
Couvrir d'un crêpe la folie,
C'est ouvrir la tombe au plaisir.

Qu'importe le soleil ou l'ombre,
L'amour qui tue ou qui guérit ?
Je veux, sous des désirs sans nombre,
Venger le rêve qu'on me prit..

Depuis qu'une femme, ombre affreuse,
Bafoua mon cœur innocent,
En secret, mon âme fiévreuse
Rougirait d'un bon sentiment.

Loin de moi, ces viles idoles
Qu'on voit se briser en éclats !
Je veux des amitiés frivoles,
Des baisers qui n'attristent pas.

Chaque jour, d'ivresse en ivresse,
Je veux courir et non marcher
Comme un chien qu'on conduit en laisse,
Et qui vient encore nous lécher.

Que la femme soit une esclave,
Un jouet, une bulle d'eau,
Moi, je veux briser toute entrave,
Quitte à rouler dans le ruisseau !

Et quand je serai dans la fange,
Je saurai prouver à mon tour
Que l'on fit un démon d'un ange,
En cherchant à railler l'amour.

Pour toi, dont j'effleurais la lèvre,
Toi, qu'en insensé j'enlaçais
Dans un long baiser plein de fièvre,
Comme les autres, je te hais !

Ta pudeur n'est que duperie,
Grimace et profanation ;
C'est au sein même de l'orgie
Que tu nourris ta passion.

Sylvia, ce que j'ose dire,
N'est que l'écho du cœur humain,
Ce fragile morceau de cire
Qui se brise et fond sous la main.

J'ai trop souffert sous sa férule
Pour ne plus compter que sur moi ;
Ce qu'en secret je dissimule,
N'est qu'un blasphème contre toi.

Car, désormais, je hais la femme
Dont l'amour n'est que volupté ;
Elle a le vice inné dans l'âme
Sous le masque de la bonté.

Honte à toi, dont le faux sourire
Me fit longtemps croire au bonheur ;
A toi, qui m'appris à maudire
Les élans généreux du cœur !

Un jour, s'il peut revivre encore,
Comme un pâle reflet d'été
Qui cherche une nouvelle aurore,
Un souffle de vitalité ;

Je te cracherai sur la face,
Toi, dont les funestes amours,
Ne m'ont laissé pour toute trace ;
Que le regret de mes beaux jours !

## LA MUSE

Quoi donc? Cette guerre cruelle
Dans ton cœur peut semer l'effroi ?
Homme trop faible, il est en toi
Une âme, au bien toujours rebelle,
Tant que le corps, vile étincelle,
De la matière suit la loi.

Si, furieux contre toi-même,
Tu ne peux découvrir la paix,
C'est que tu ne sauras jamais
Que l'on ne hait que ce qu'on aime,
Et que le bien vraiment suprême
Ne frappe pas ce que tu hais !

## LE POÈTE

O pâles souvenirs ! O mes heures trompées !
Regrets pleins d'amertume et croyances dupées,
Vous avez caressé mon front limpide et pur ;
Vous avez effleuré de vos lèvres mortelles
Ce chevet où, jadis, rêvant aux Immortelles,
Mon âme se mêlait aux nuages d'azur !

O vide affreux du cœur ! O rage inassouvie !
J'ai vécu de désirs sans connaître la vie ;
J'ai livré tout mon être, et je n'ai rien trouvé,
Rien.... que l'ardente soif des voluptés humaines,
Rien.... que des baisers froids, ou les folles haleines
D'un mensonge d'amour, de lui-même abreuvé !

Pauvre squelette humain! Je souffre! Je m'élève,
Pour retomber encore et toujours dans un rêve;
Et, malédiction, ce n'est pas le dernier!
Mes pas vont se heurter du néant à la cime...
Partout, partout, hélas, je rencontre un abîme:
Je ne sens même plus la force d'oublier!

O Muse, à qui jamais je n'avais dit: « Je t'aime! »
Toi, qui me vis quitter mon masque de bohème
Et briser à tes pieds froidement mes amours,
Adieu! Je ne dois plus te revoir; — mais à l'ombre
Enivrant ma raison, noyant ma gaîté sombre,
Je chasse la douleur.... et j'y pense toujours!

Tu ne me verras plus! Vers des pays étranges
Je vais chercher en vain le sourire des anges;
Je m'en vais m'endormir au craquement des os.
Le baiser de la Mort plisse déjà ma lèvre;
Je comprends à ta voix que la dernière fièvre
Est comme un dernier rêve, — et j'ai soif de repos!

# LA BOUTEILLE D'ENCRE

Est-ce tristesse légitime
De voir l'honnête homme meurtri,
La honte au pavois de l'estime,
L'honneur râlant au pilori?
(*Lassitude.* — R.-G. DAMEDOR).

Crois-tu, sincèrement, qu'un noble cœur meurtri
Doive se laisser choir, ainsi qu'un fruit pourri ;
Que l'Honneur soit un mot, l'Art véritable un conte,
Et que l'estime même ait fait place à la honte?
Non! Le vice n'a pas absorbé les vertus,
Mais, si le cœur humain, jeu des sens combattus,
Se laisse chanceler au moindre vent d'orage,
C'est qu'il cherche partout ce qui lui manque : un sage!

O jeunesse, ton rêve est de faire de l'*Art!*
Sais-tu donc te plier aux chances du hasard?
Le sentiment du Beau, qui gronde dans ton être,
Ne comprend même pas qu'il faut: *Être et paraître,*

Dans un monde lassé de tes productions,
Et dont l'âme est fermée aux nobles passions !
Tu veux être l'amant de la beauté suprême :
Tu veux, à ses genoux, résoudre le problème
De tes convictions ! As-tu d'abord pensé
Ce que coûte l'effet de ton rêve insensé ?

Faire de l'Art ! Vraiment ! Au point où nous en sommes
As-tu le lourd secret de connaître les hommes ?
As-tu de l'or en main, pour acheter la foi,
Des idoles du jour qui se raillent de toi ?
Connais-tu seulement cette loi positive
Qui réclame un corps sain pour que l'âme survive,
Et ne te comptera dans ses rares élus
Que si tes manuscrits sont achetés ou lus ?

La Bohème s'éteint ! Elle est morte ! L'époque
Redoute le haillon subversif, — et se moque
Des luttes sans crédit, des rêves, — repoussoir,
Depuis qu'on peut rimer des vers en habit noir.
Coupe tes longs cheveux ! Sois homme comme un autre
Au lieu de te charger du lourd fardeau d'apôtre ;
Et si tu crois un jour gagner la liberté,
Sache enfin te plier à l'*Actualité*.
Modère l'utopie, écris comme tu causes,
Sache économiser l'amour des grandes choses,
Et si tu crois pouvoir grandir en commençant
Apprends à devenir *Artiste-Commerçant*.

Il est triste, c'est vrai, de profaner la Muse
Et de prostituer la fièvre qui nous use

A bâcler des pamphlets stupides, des refrains
Sans âme, sans esprit, — ou des alexandrins
Consacrés à l'argot des vierges de barrières.
La mode est au succès des chansons ordurières,
Des ignobles dessins, des romans immoraux,
Et des feuilles de chou qu'on appelle journaux.

O jeunesse, veux-tu subir ce joug infâme ?
Iras-tu confier les secrets de ton âme
A ce flot écœurant de marchands de papier,
Qui préfèrent la boue au meilleur encrier ?
Iras-tu, sans regrets, compromettre ta plume,
Tes timides amours, tes heures d'amertume,
Ton culte ardent de l'Art, tes rêves généreux,
Pour qu'on t'appelle un jour Bohème ou cerveau creux ?

Écoute ! J'ai passé par ce sombre rosaire
Qui suppose la lutte et la longue misère ;
J'ai cru, tout comme toi, que la gloire, d'un bond,
Tôt ou tard, doit venir en aide au vagabond ;
Que le culte du Vrai doit être un *sacerdoce*,
Et que je promettais une étoile précoce.
Riant de la douleur, heurtant les préjugés,
Relevant le mépris de mes vers outragés,
Toujours gueux, mais toujours l'âme orgueilleuse et fière,
J'ai marché, sans jamais redouter la poussière.
— C'est pour l'Art ! me disais-je. Allons, allons toujours !
S'il existe vraiment un Dieu pour les amours ;
S'il est une justice aux cieux et sur la terre,
Je n'aurai pas, sans fin, le seul droit de me taire.

A moi, réformateurs! A moi, profonds esprits !
La conquête du Beau vengera nos mépris.

. . . . . . . . . . . . . . . . . . . . . .

Lorsque le voyageur se hasarde sans guide,
Il risque de se perdre avec un ventre vide,
Et, s'il ne s'est pourvu de vivres pour demain,
Il n'a d'autre horizon que l'horreur de la faim.
Alors, le cœur aigri, maussade, ouvert au Doute,
A peur de rencontrer un passant sur la route,
Il rougit d'une aumône et, cependant, la mort
Le fait trembler assez pour chasser le remord.
Et le passant le toise avec cette ironie
Peu sensible aux élans courageux du génie.
Le poète, pour lui, n'est que le déclassé
Sans souci du présent ni respect du passé.
Qu'est-il? A quoi sert-il? Qu'il sache d'abord vivre,
Procurer au besoin du plaisir à la livre,
S'il n'a pas seulement la force de porter
Le travail manuel qu'il prétend éviter !
— Tu n'as pas un écu pour sortir? Eh bien, rentre!
S'il fallait aider ceux qui n'ont rien dans le ventre,
Je nourrirais bientôt un coin de l'Univers...
Ce n'est pas un métier que de faire des vers !

Mais si, brisant avec la saine poésie,
Tu sais l'approprier aux jupons d'Aspasie ;
Si, devant Messaline ou l'ignoble Nana,
Tu rends hommage à tout ce qui te répugna ;

Si tu veux compromettre et ton cœur et ton âme,
Justifier le vice, encanailler la femme,
Apprivoiser tes sens, prôner la volupté,
Flatter les goûts grossiers d'un public hébété...
Tu verras devant toi des lèvres souriantes
Te promettre bientôt vingt mille écus de rentes!.

. . . . . . . . . . . . . . . . . . . .

Non! Je n'insulte pas tes fougueux rêves d'or,
Et, si tu crois en moi, tu rêveras encor.
Je n'ai pas prétendu prostituer ta Muse,
Ni troubler un instant le charme qui t'abuse ;
Mais, vivre d'Idéal dans un siècle blasé,
Préférer le cœur vide et le corps épuisé,
Le dégoût éternel des hommes et des choses,
Quand le talent destine à de plus grandes causes;
C'est braver le malheur et porter un défi
Aux idoles du jour, sans le moindre profit.
C'est la mode aujourd'hui de vieillir avant l'âge!
Pour une heure d'oubli, faut-il perdre courage,
Traîner un esprit las, une âme sans désirs,
Et s'aligner d'avance au rang des saints Martyrs?
Que font, dans le péril, quelques larmes amères?
L'homme n'est point créé pour vivre de chimères :
Le labeur social est le même pour tous,
Et ce sont les vaincus qui passent pour des fous.

Ami, ta conscience est restée inquiète !
En quoi donc le *réel* dompte-t-il le poète?

11

Où vois-tu l'apostat dans l'être, dont la main
Accepte le niveau du servilisme humain ?
Si, par conviction, tu veux rester bohème,
De la nécessité médite le problème.
En quoi le pain du jour, durement acheté,
Peut-il te rendre impropre à l'Immortalité ?

Laisse-là ce remords qui te poursuit sans trêve ?
L'artiste véritable est maître de son rêve ;
Il n'a point de lieu fixe, où l'inspiration
Appelle à son secours l'imagination.
Tu crois, — et c'est un tort, — que l'on n'est plus poète
Quand on ne peut porter de pampres sur la tête ;
Quand le joug social nous tient dans son lacet ?
Pour te désabuser, ouvre un instant Musset,
Et juge froidement l'erreur où nous en sommes :

« Un artiste est un homme, — il écrit pour des hommes.
» Pour prêtresse du temple, il a la liberté,
» Pour trépied, l'Univers ; — pour élément, la vie,
» Pour encens de douleur, l'amour et l'harmonie,
» Pour victime, son cœur, — pour dieu, la vérité ! »

Eh bien ! Quand tu reviens sur la route suivie,
Crois-tu, toi dont l'orgueil résiste à ses besoins,
Qu'un poète de plus soit un homme de moins ?
La route est large ! Il faut au milieu de l'orage
Un lutteur décidé, qui ramène à la nage
Les artisans de l'*Art*, ces déserteurs du Beau,
Qui ne sont plus de force à porter un flambeau.

Tu dis à Dieu : « J'éteins le génie en mon âme ! »
Ton cœur, ton faible cœur ne sent-il plus de flamme ?
Est-il donc si déchu dans un fatal milieu,
Que tu doives gémir ou t'adresser à Dieu ?
Ris donc, vieil Arouet, dont la verve railleuse
Arracha le blasphème à sa lèvre pieuse !
Toi, qui le vis aussi baiser, presque éperdu,
Quelque Christ ébréché, sur la dalle étendu ;
Où nous ont-ils conduit tes frêles Prométhées ?
Ton siècle de Progrès n'a fait que des athées.
Redoutable ennemi des fautes du passé,
Toi, qui détruisis tout, as-tu rien remplacé ?

Nous, qui voyons les Arts et la Littérature,
La Morale et la Loi tomber en pourriture ;
Nous, les jeunes d'hier, les aînés de demain ;
Nous, qui cherchons le Vrai dans le Libre-examen ;
Nous, qui naissons au sein du vice et du blasphème...
Que devons-nous penser de ton triste problème
Si, vouant au Hasard la foi des premiers jours,
Nous nions la famille et vendons nos amours ?

Vois ! Nous avons mêlé la foi religieuse
Avec l'indifférence insipide, railleuse ;
Nous avons préféré le vide au sens commun,
Au vieil esprit gaulois, le drame à la Lauzun.
Nana, la *vérolée*, enfonce Rocambole,
Le théâtre renaît avec la Périchole ;
Le regard innocent de la virginité
Se rencontre partout avec la nudité.

Les couplets de bon ton sont les chansons infâmes
Où la bave triomphe, — où les hommes sont femmes,
Et vivent du produit honteux de la douleur.
Un pourceau d'or massif pend au porte-bonheur
Qui pare le bras frêle et blanc des jeunes filles,
Et le *Naturalisme* envahit les familles.
Pour cinq francs, mille gueux bâcleront un pamphlet,
Ou videront leur fiel dans un honteux soufflet
Parfois encor moins vil que la main qui le donne:
La canaille est frondeuse et ne connaît personne.


Vraiment, c'est bien le temps de nous parler d'un Dieu !
Le char ne roule plus quand il manque d'essieu,
Et chaque jour verra grandir la défaillance,
Tant que la Liberté n'aura pas de croyance.
Où la trouver, hélas? Nous sommes des pourris !
Les sentiments du cœur, que l'on voue au mépris,
Sont les seuls cependant qui parleraient à l'âme,
Et qui croirait en Dieu, puisqu'on souille la femme ?
Marche! Suis ton chemin sans trêve ni repos !
Le Doute à tout jamais nous a rongé les os,
Et si, pauvre insensé, tu défends la prière,
Tu seras dominé partout par la Matière ;
Par les besoins du corps, ce jeu fatal des sens
Qui rendra sans pitié tes rêves impuissants.


Et tu peux croire encor, dans ce péril immense,
Qu'un Dieu seul peut sauver la grandeur de la France?

Ce serait son dessein, quand les convictions
S'en vont, du même pas que les illusions;
Et quand, emprisonné sous des formes stériles,
Le peuple est éclipsé par le faste des villes?
Quand, jaloux de ses droits, qu'il veut faire valoir,
Il perd le sentiment de son propre devoir?
Aussi, que voyons-nous? Le règne de la foule,
Des appétits grossiers, un peuple qui se roule
Dans le vice éhonté; — puis, las de tout plaisir,
Veut cette liberté qui permet tout désir!
C'est aujourd'hui qu'il suit le maître qui l'opprime;
C'est demain qu'il l'abat, l'insulte, se ranime,
Et sortant tout sanglant de la main des Césars,
Vient repaître ses yeux de monuments épars.
C'est dans un cabaret borgne qu'il politique;
Qu'il traîne les destins de la *chose publique*.
Bon enfant dans le fond, il se cabre irrité,
Parce qu'il ne se sent plus libre en Liberté.

Le peuple ne veut pas de croyance imposée.
Laissons-lui donc enfin l'essor de sa pensée,
Les élans de son cœur, sa foi, ses passions,
Ses généreux désirs, ses aspirations
Vers ce qu'il croit le Bien, le Beau, le Vrai, le Juste...
C'est un homme après tout, et non pas un Procuste!
Pour la France, jadis, n'a-t-il pas su mourir
A Jemmape, à Valmy, comme aux champs d'Aboukir?
N'a-t-il pas enfanté des Marceau, rude roche
Qui vit sortir du sol des Kléber et des Hoche;

Et quand ce fier pays sombrait comme un radeau,
Par qui fut-il sauvé, sinon par Mirabeau?

Est-ce à ce peuple, grand devant l'Europe entière,
Qu'il nous faut arracher le rêve ou la prière?
Devons-nous donc prêcher le mépris de la Loi,
L'affreux néant du cœur et le doute de soi,
Le culte vil des sens, le réalisme sombre,
Quand, là-bas, pleins de haine, ayant pour eux le nombre,
Les bandits d'Outre-Rhin surveillent nos erreurs
Pour nous gorger encor de nos propres douleurs?

Et que nous sert vraiment d'installer des écoles,
Si nous les détruisons par de sales paroles;
Si les livres mauvais qui se vendent dehors,
Détruisent chez l'enfant le but de nos efforts;
Si la Vertu n'est rien, si le Patriotisme
Est traité désormais de bourgeois chauvinisme ;
Si nos filles, qu'on forme à respecter l'Amour,
Parlent à l'atelier l'argot du carrefour?

Avez-vous réfléchi, vous, dont la coupe pleine
Verse dans la jeunesse une ivresse malsaine,
Qu'en mutilant le cœur naïf et convaincu
De ceux que vous gâtez avant d'avoir vécu,
Vous préparez, hélas, vous que l'or seul étanche,
Malgré quinze ans de deuil, l'oubli de la *Revanche*?
Ne vaudrait-il mieux rendre à notre sang glacé
La sève et la vigueur de notre grand passé?

Non, ce n'est pas ainsi qu'on relève sa gloire,
Qu'on laisse après sa mort une sainte mémoire :
Car l'Honneur oubliant ce qui fait sa beauté,
C'est un pas de perdu dans l'Immortalité !

A mon Ami Ferdinand DIJON

# MON HÉRITAGE!

Mon pauvre ami, quand vers la tombe
J'aurai conduit mes derniers pas,
Si tu rencontres, qui succombe,
Un poète insensible et las ;

Pense à moi qui, sur cette terre,
Cherchant une immortalité,
N'ai rencontré que le mystère
Effrayant de la pauvreté.

J'ai voulu, — j'étais peut-être ivre,
Me faire un nom dans l'art des vers ;
J'ai rêvé l'amour qui fait vivre,
Pour oublier d'affreux revers.

Ni la gloire, ni la famille,
Ni le destin, ni les amis,
N'ont produit un rayon qui brille,
Un bonheur qui me fût perm's.

Oh! de grâce ! Que la prière
Qui tombera sur le gazon
De cette demeure dernière,
M'épargne une sotte oraison !

Quand, un jour, j'ai voulu sourire,
Quand je réclamais un peu d'air,
Quand les doigts gelés sur ma lyre,
J'aimais poétiser l'Hiver ;

Quand mon front, qui jamais ne plie,
Saluait l'espace infini ;
Quand ma lèvre, jusqu'à la lie
Savourait le rêve fini ;

Aux lieux perdus, où naît l'aurore,
Je pouvais gaîment revenir.
Tout à mes yeux pouvait encore
M'attacher par le Souvenir.

Aujourd'hui, rien ! La vie errante,
Le vagabondage des sens :
L'illusion vaine et mourante;
Des désirs toujours impuissants !

Voilà le bizarre héritage
Que m'a légué l'adversité,
Quand je mendiais au passage
Un baiser de la Liberté.

Envolez-vous, heures propices !
Vous qui fermiez mes yeux au mal,
Vous me ménagiez vos délices
Sur le chevet de l'hôpital.

Là, mon cœur, fragile balance,
A savouré vos voluptés
Dans l'amertume et le silence
Mystérieux des révoltés.

J'ai souffert, sans jamais me plaindre.
Tu me comprends, toi, dont l'enfant
Que ton âme avait voulu peindre,
A quitté ton seuil triomphant.

Il était beau ce petit être !
Il avait le regard d'un dieu,
Et tu n'osais penser peut-être
Que son rire était un adieu.

Tu l'avais pris parmi les anges :
Lys égaré sur des draps blancs,
Tu baisais à travers les langes
Ses petits pieds encor tremblants.

Tu l'appelais, comme on appelle
Le fruit adoré de sa chair,
Promenant cette âme immortelle
Dans ta puissante main de fer.

Et tout cela n'est plus qu'un songe !
Le bonheur n'est pas fait pour ceux
Qui préfèrent au vil mensonge
Le pain amer des malheureux.

Ainsi, moi, le sang plein de sève,
J'ai vu s'échapper sans retour
Les clartés brumeuses du rêve.....
Mais je crois encore à l'amour ;

A cet amour qui nous console,
Qui nous berce dans le malheur,
Comme l'enfant, dont la parole
Rend le sourire à la douleur !

Je m'en vais, l'âme triste et sombre,
Tant j'éprouve un secret effroi
De voir apparaître dans l'ombre
Ce qui s'est détaché de moi,

N'ai-je pas, ô tristesse amère,
Comme toi, bercé triomphant
Cet idéal de la Chimère ?....
Et mon œuvre était mon enfant !

. . . . . . . . . . . . . . .


Mon pauvre ami, quand vers la tombe
J'aurai conduit mes derniers pas,

Si ton cœur affligé succombe,
Fatigué d'éternels combats ;

Pense à moi ! Relis cet hommage
D'un poète, hélas méconnu,
Qui ne lègue pas son courage
Ni son cœur au premier venu !

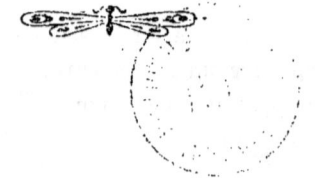

PARIS, F. DIJON, IMP.-ÉDITEUR, 18, RUE BRÉDA, 28, RUE DE NAVARIN

# TABLE DES MATIÈRES

www.ingramcontent.com/pod-product-compliance
Lightning Source LLC
Chambersburg PA
CBHW070848030726
47504CB00005B/1265